Lo que no pude contarte

ADRIANA MORAGUES

Lo que no pude contarte

Grijalbo

Papel certificado por el Forest Stewardship Council®

Primera edición: octubre de 2018

© 2018, Adriana Moragues
© 2018, Penguin Random House Grupo Editorial, S. A. U.
Travessera de Gràcia, 47-49. 08021 Barcelona

Printed in Spain — Impreso en España

ISBN: 978-84-253-5674-2
Depósito legal: B-16.685-2018

Compuesto en La Nueva Edimac, S. L.

Impreso en Black Print CPI Ibérica
Sant Andreu de la Barca (Barcelona)

GR 5 6 7 4 2

Penguin
Random House
Grupo Editorial

A la memoria de las mujeres de mi vida

Mis besos son míos. Yo no doy explicaciones a nadie sobre lo que hago con ellos, los reparto como me da la gana, los comparto con quien quiero. Como el dinero. Solo que los besos los tiene todo el mundo, son mucho más democráticos, más peligrosos también, nos ponen a todos al mismo nivel. Y si tú hicieses lo mismo, si todo el mundo hiciese lo mismo, el mundo sería un poco más caótico, pero mucho más divertido.

MILENA BUSQUETS,
También esto pasará

Yo creo que cuando el sol sale, cada mañana hay una cosa, algo, en que pone su primer rayo, a lo que toca antes que a nada de lo demás. Yo quisiera ser esa criatura afortunada que recoge todos tus primeros rayos, de alegría o de pena, tu primer
Pedro.

PEDRO SALINAS,
Cartas a Katherine Whitmore

—A veces uno solo pierde la brújula —digo.
—Se desbrujula uno, en vez de desbrujar-
se —dice ella con voz de risa—. ¡Qué distinto!,
¿no?, y con lo parecidas que suenan las palabras.

CARMEN MARTÍN GAITE,
Nubosidad variable

There's a crack, a crack in everything,
that's how light comes in.

LEONARD COHEN

1

La ciudad empieza a sonar.

Todos los despertadores están en marcha.

Soy de ese tipo de personas que ponen dos alarmas para concederse cinco minutos más por las mañanas. Disfruto de esa prórroga del sueño entre la realidad y lo que aún duerme. Voy tomando poco a poco conciencia de mi día. El primer café me lo preparo en casa mientras escucho la radio. Me gusta cuando, entre noticias políticas, culturales y económicas, suena una canción que puedo tararear, la sensación de ser afortunada porque han puesto una canción que me sé. Me dejo llevar y comienzo a seguir el ritmo con las manos, incluso cierro los ojos para disfrutarla mejor. Es sin duda uno de esos momentos del día en que parece que todo se para y me siento a gusto conmigo misma.

Apuro el café y cojo el material del trabajo, tratando de no olvidar nada en mi desordenado escritorio. Parece que todas las noches alguien remueva los papeles y justo el que necesito es el que esté en el lugar menos visible. Todos los días me propongo organizarlo, comprar carpetas, poner etiquetas por temas, pero siempre he visto algo de romanticismo en el caos.

De camino al trabajo suelo parar en una cafetería regentada por una familia china muy entrañable. Cuando pido el café para llevar, la chica intenta venderme todo el surtido de dulces que tiene, o bien me recuerda que estamos en el Año del Gallo y me asegura que no hace falta que me preocupe del bolsillo porque todos tendremos suerte en los negocios. Le sonrío pensando que ojalá lleve razón. Hay decenas de cafeterías en el barrio y el café de aquí no es especialmente bueno, pero empecé a venir todas las mañanas y ahora me gusta ver cómo me reconocen. Que sepan, sin que yo se lo diga, que quiero un café con leche fría y que sigan ofreciéndome todos los cruasanes que no voy a llevarme hace que me sienta bien. Es como si me esperaran, o tal vez soy yo quien los busca a ellos. En las grandes ciudades uno necesita que gente desconocida le dé los buenos días.

De la cafetería al metro hay unos escasos cinco minutos a pie. La ciudad conserva aún la neblina del amanecer y se nota el frío por el vaho que despiden las personas al hablar. A estas horas las estaciones de metro desprenden un olor característico. Son una mezcla de perfume de mujer, desodorante de adolescente y olor a cigarrillos apurados en la entrada. El gentío se amontona, mira el reloj o el móvil con nerviosismo. Sin duda, una de las cosas que más valoro de mi trabajo es poder elegir mi horario, lo que me hace formar parte automáticamente en las escaleras mecánicas del grupo minoritario del metro en hora punta: el de las personas que se colocan a la derecha.

Son las ocho y treinta y cinco de la mañana, una buena hora para empezar a trabajar, y ya he encontrado mi sitio.

Soy cantante en la línea 3 del metro.

2

Terminé la carrera de Derecho hace tres años. Después cursé el máster de abogacía. Sin embargo, el día de la imposición de toga, en el preciso momento en que me la colocaron convirtiéndome en licenciada de la promoción de 2013, justo entonces me di cuenta de que no quería ejercer.

De niña, mi hermana y yo solíamos jugar a vestirnos con la ropa de mi madre y simular que estábamos en un juicio. Lo llevábamos en la sangre. Recuerdo que cogía el mortero de madera de mi abuela a modo de mazo y me ponía un vestido negro como toga. ¡Era mi vocación! Entonces ¿por qué quise huir al darme cuenta de que aquel juego de niños se convertía en mi profesión? De repente me vi rodeada. Todos vinieron a abrazarme. Mis padres no dejaban de repetirme una y otra vez lo orgullosos que estaban de mí. Oí que mi madre le susurraba al oído a mi hermana: «Ya estamos todos». La frase se me quedó grabada. Parecía predecir que a partir de ese momento mi vida cambiaría. Pero ¿de qué modo? Ignoraba en qué manos iba a estar mi destino, aunque en aquel instante supe que si seguía ese camino estaría en las de cualquiera menos en las mías.

A los pocos días del crucial acto fui a casa de mi abuela Remedios. Siempre he pensado que su nombre no es una casualidad, pues tiene soluciones para todo y si no sabe algo se lo inventa solo para calmarme. Y en ese momento la necesitaba.

Cuando entré en el comedor mi abuela sonreía más de lo normal.

—¿Cómo está mi abogada favorita?

—Bien, abuela, no sé...

—¿Qué le pasa a mi pequeña Carla? Cuéntaselo a tu abuela —dijo mientras me cogía de la mano.

—Nada, no te preocupes, será que me hago mayor.

Sabía que no podía engañarla, pero a veces ambas disimulábamos.

—Bueno, a ver si esta sorpresa te anima.

Sacó una bolsa y me pidió que la abriese. Dentro había una caja envuelta en papel de regalo: un marco de plata con mi foto de la orla.

—Eras la que faltaba en mi estantería. No sabes las ganas que tenía de verte ahí.

Los marcos de todos mis primos eran más pequeños. Mi abuela Remedios nunca ha disimulado ante los demás que soy la niña de sus ojos. Hizo un hueco en el centro del estante y colocó allí la fotografía. El brillo de sus ojos contemplando la imagen me hizo pensar en aquella niña que jugaba a ser abogada.

Durante las semanas como recién licenciada en las que no sabía hacia dónde encauzar mi vida, también acudí a mi amiga Julia para desfogarme. Nos habíamos conocido siete años atrás (nos tomamos la carrera con calma), en unas jornadas libertarias que habían tenido lugar en el ateneo de la universidad, donde solían celebrarse conferencias sobre política, charlas de feminismo, recitales de poesía, conciertos... Julia era una chica muy comprometida en aquellos años. Con tanta reforma educativa, se pasaba el día organizando manifestaciones, pintando pancartas o repartiendo panfletos por los pasillos de la facultad. En cuanto la conocí, supe que congeniaríamos; ella tenía otra manera de ver las cosas y siempre me fascinaba cómo relativizaba todo: «Si no encuentras piso es que aún no ha aparecido el que es para ti», «Si has perdido dinero es que lo ha encontrado una persona que lo necesitaba más que tú». Su optimismo era constante. Tenía tan claras sus prioridades en la vida que a veces me daba envidia.

En aquellos primeros años de universidad asistimos a muchos encuentros alternativos que tenían lugar en algunos parques de Madrid. Nos sentábamos en corro y pasábamos las horas debatiendo sobre cualquier tema o jugando a las cartas. Un día de otoño estábamos unos cuantos compañeros charlando al sol. Me había tumbado en el césped, tenía la cabeza apoyada en las rodillas de Julia y miraba las hojas que caían del arce. Iba siguiéndolas con el dedo, dibujando el movimiento en el aire y contando los segundos que tardaban en llegar al suelo. Siempre he necesitado buscarle una lógica a todo, me fijaba en el tamaño de cada hoja, el color o en el viento que hacía, en todos los factores que pudieran determinar cuánto tardaría en caer. Cuando por fin encontré una teoría mínimamente razonable no dudé en compartirla con Julia.

—¿Sabes que si la hoja del arce es amarilla, sopla viento y además es grande, tarda mucho más en tocar el suelo?

—Yo creo que la hoja que tarda más en caer es solo porque tiene más ganas de bailar.

Tenía un talento especial para echar por tierra todas mis conclusiones mostrándome otra manera de entender las cosas. Acto seguido se levantó riéndose y me pidió que le escenificara cómo caería yo si fuera una hoja. Entre bromas me puse de pie y me tiré al suelo rápidamente. Ahora iba a mostrarme qué haría ella. «¡Me toca a mí!», gritó, y le pidió a Tim, el chico que siempre nos amenizaba las tardes con su guitarra, que tocara *No woman, no cry*, de Bob Marley. Julia empezó a moverse dando vueltas, alzando los brazos, con los ojos cerrados y los pies descalzos. Cogiéndome de las manos para que la acompañara, me dijo: «Tú también puedes aprender otras formas de caer, solo tienes que sentir la música». Aquella tarde estuvimos bailando durante horas, sin parar de pedirle canciones a Tim.

Nos contoneábamos dejándonos llevar por el ritmo de la música y, a ratos, yo me quedaba embobada viéndolo tocar, intentaba memorizar la posición de sus dedos, entender cómo funcionaba una guitarra. Alguna vez Tim me pillaba y sonreía sin dejar de tocar.

Quizá a raíz de aquella noche tan especial se le ocurrió dedicarme unas líneas en el correo que nos envió al grupo de amigos cuando se acercaba el final del curso. Su Erasmus se terminaba, Tim tenía que volver a Inglaterra y no le cabían en la maleta todos los enseres que había comprado durante el año. Cuál fue mi sorpresa cuando leí «la guitarra me gustaría regalársela a Carla, no sé si sabe tocarla, pero vi que la miraba diferente al resto».

Sentí que me había dado el relevo. Estaba emocionada por tener una guitarra en casa. Ahora solo quedaba la dura tarea de hacerla sonar. Fue un proceso lento, pero disfruté muchísimo con cada nuevo acorde que aprendía. Cuando descubres que tus manos nunca han estado tan conectadas con algo como con una guitarra, el momento de hacer sonar unas cuerdas y aprender a diario algo nuevo, y no un conocimiento sino un sonido que tus propios dedos crean, establecía un vínculo con la música que no había sentido antes. Mis padres, sin embargo, no estaban tan entusiasmados con la idea, mi dormitorio se encontraba justo al lado del suyo y por las noches mi madre daba golpes en la pared para que dejara de tocar. Con el tiempo aprendí canciones y descubrí que sabía cantar mejor de lo que creía. Entre los exámenes, los trabajos y las clases en la universidad no me quedaba apenas tiempo, pero esos veinte minutos antes de dormir en que tocaba eran los más felices del día.

Ese era el problema. Cuando el día que me colocaron la toga me imaginé resolviendo casos en los juzgados durante el resto de mi vida, mi mayor preocupación era de dónde sacaría el tiempo para hacer lo que realmente me gustaba. Qué locura, ¿no? Estudiar Derecho para acabar tocando la guitarra. Podría seguir teniéndola como afición, pero en el fondo no quería, no sentía que fuera ese su lugar. No quería dar a la música el tiempo que me sobraba, sino el tiempo que yo necesitaba.

Todo ello me llevó a acudir a Julia entre lágrimas. Una vez más, escuchó paciente mis conclusiones, mis teorías y mis miedos y luego me dio su visión de las cosas. Quedamos varias tardes en una cafetería. Al principio no me tomaba en serio, decía en broma que ella necesitaba una amiga abogada por si en el futuro se le iba de las manos su activismo. Hasta que un día le confesé que tenía miedo a defraudar a la gente que me quería, a equivocarme, a no ser feliz. Julia se sorprendió, no esperaba que esta vez mis dudas fueran tan grandes.

—Carla, ¿recuerdas aquella tarde en el parque, hace años, cuando bailábamos como hojas al caer? —Asentí. Nunca podría olvidar aquel día—. Hay muchas formas de hacerlo y yo solo te enseñé la mía, es mi modo de vivir. Me escucho, me cuido e intento mantener el corazón rojo. No puedo resolver tus dudas, ¿sabes por qué? Porque no lo necesitas. Tú sabes lo que sientes, qué quieres, pero te da miedo.

Me sonrojé. Julia era una de las personas que mejor me conocía, incluso más que yo misma.

—No voy a animarte a que abandones todo lo que has conseguido formándote como abogada y tampoco voy a decirte que la música no te hará feliz. Solo puedo decirte que te calmes, que cierres los ojos como aquella tarde mientras bailabas en el parque, que sientas dónde está tu camino y, sobre todo, que tengas valor para decidir por ti misma.

Aquel día cuando volví a casa, tras la charla con Julia, me encerré en la habitación y valoré lo que podía suponer cada una de las decisiones.

La diferencia entre ser cobarde o valiente es que el cobarde tiene miedo a equivocarse y el valiente se equivoca sin miedo. Porque todo es un aprendizaje continuo.

Antes de dormir bajé las escaleras más despacio que nunca, intentando atrasar el momento de decirles a mis padres que tenía que hablar con ellos.

Cuando llegué a la sala de estar, estaban sentados en el sofá. Me coloqué de pie enfrente de ellos y les dije:

—Quiero que sepáis que no voy a ejercer de abogada; he descubierto algo que me hace más feliz: la música.

3

En la familia de mi madre abundan los abogados de renombre de Madrid. En 1965 mi abuelo Pedro fundó la empresa Sanz de la Vega Abogados, despacho donde trabajan mi propia madre, sus hermanos Pedrín y Nacho y mi hermana Sandra.

«Ya estamos todos.» Aquella frase que pronunció mi madre en el acto de imposición de togas era una manera de incluirme también en el clan. Mi decisión de abandonar el barco causó muchas disputas familiares, hasta el punto de verme obligada a marcharme de casa para demostrar que era capaz de vivir de lo que me apasionaba y que no necesitaba la ayuda económica de mis padres.

Había cierta inconsciencia en todas mi acciones, pero a la vez sentía que estaba haciendo lo que debía. Era como ir por la carretera y encontrarte en un cruce en el que tienes que decidir entre dos caminos. Por un lado, hay uno muy iluminado, sin obstáculos y del que puedes ver el final; por el otro, encuentras una señal de prohibido y no aciertas a divisar cien metros más allá. Ante esas dos opciones pensé que no quería conocer el final de mi camino antes de empezarlo, prefería acelerar y descubrir qué se ocultaba en la sombra.

Siempre habíamos vivido a las afueras de Madrid, en un barrio residencial, en una casa con jardín donde mi padre nos construyó a mi hermana y a mí un pequeño merendero para que jugásemos de niñas. Cuando crecimos, mi hermana no volvió a sentarse allí y el lugar se convirtió en mi refugio. Bajo una estructura de metal en forma de casetilla cubierta con unas telas blancas había una mesa redonda y un banco, ambos de piedra. Sin duda sería lo que más echaría de menos de aquella casa: las tardes sentada en el banco de piedra mientras leía o acompañada de alguna amiga que había venido a casa. Qué importante era para mí aquel rincón; sentada en aquel banco, me besé por primera vez con un chico después de ayudarle con unos ejercicios de matemáticas. Fue la primera de tantas otras ocasiones. Y allí sentada pasé las últimas horas antes de mudarme, pensando en que no me quedaba más remedio que abandonar mi hogar, mi refugio, irme y demostrar a mis padres que podía vivir por mi cuenta y luchar por lo que quería.

De nuevo, fue Julia quien me echó un cable. Unas amigas suyas vivían en el centro de Madrid y necesitaban una compañera de piso, así que en cuanto me enteré, no dudé en recoger lo imprescindible y abandonar el nido. Una maleta con ropa, otra llena de libros, la guitarra y una libreta con recetas de mi abuela Remedios. Eso fue todo.

La mañana de la mudanza mi madre no me dirigió la palabra durante horas. Hizo como si no pasara nada, como si yo no existiera. Le preguntaba a mi padre si quería un café y a mi hermana le dio un achuchón de buenos días más eufórico de lo normal, mientras me miraba de reojo bajando las maletas por las escaleras.

Al cabo de un par de horas me marcharía de nuestro hogar, la casa de todos, para empezar algo nuevo, pero mi madre se negaba a darme ese último empujón que tanto me hubiera reconfortado. No se daba cuenta de que yo me hacía más fuerte ante aquella actitud suya. Más razón me daba, más ganas tenía de cerrar la puerta. Mi padre tampoco estaba de acuerdo con mi decisión, pero no pudo evitar acercarse cuando anuncié que había llegado un amigo con su coche para ayudarme a trasladar las cosas. Me abrazó susurrándome: «Sabes que esta siempre será tu casa». Sus palabras tampoco fueron lo que esperaba. No quería que me dijera que si tenía que volver, podía regresar allí. Quería su apoyo, que me aseguraran que todo saldría bien y se mostraran orgullosos de mí como el día de la jura. Pero estaba sola en esto; hay veces que tenemos que valernos por nosotros mismos, no necesitaba el consentimiento de nadie, tan solo el mío; como decía Julia, tenía que mantener mi corazón bien rojo.

4

Nada hay más humano que el miedo. La forma de afrontarlo es lo que nos distingue a unos de otros. Los miedos cambian a medida que crecemos, pero nunca podremos librarnos por completo de ellos. Reconozco que a lo largo de la vida muchas cosas me han causado desasosiego: una muñeca de porcelana que había en casa de mi abuela Remedios, las tormentas, los señores con bigote, el cuarto de la limpieza del colegio, volver a casa de noche por el camino que cruzaba el parque, las drogas, la montaña rusa, la muerte de mi abuela... Poco a poco, he aprendido que nadie puede salvarnos de nuestros miedos, solo nosotros mismos.

Cuando tenía cinco años experimenté por primera vez el miedo, los escalofríos provocados por el pánico. Mi pesadilla era perderme sola por la calle, lo que me llevaba a cogerme de la mano de mi madre como si al soltarla fuera caer al vacío más profundo. Ahora incluso puede llegar a excitarme sentirme desubicada, pero en aquel momento era una inquietud que me superaba y hacía que no pudiera salir a la calle si no era con mi madre. En silencio, anhelaba ir corriendo a saltar y jugar con los demás niños, pero no conseguía librarme de aquel miedo que me inmovilizaba. Hasta que una tarde de verano, desde la ventana de la cocina, vi que unas crías pintaban una rayuela con tiza en la acera, y me entró curiosidad. Entonces me di cuenta de que estaba perdiéndome muchas cosas e intenté poner remedio. Poco a poco empecé a soltarme de la mano. Contaba diez pasos y volvía a agarrarla, así hasta que me percaté de que, aunque no tocara la suave mano de mi madre, ella seguía a mi lado.

Solamente años más tarde comprendí que no hay mayor libertad que caminar junto a alguien sin necesidad de amarras. Y no volví a pasear de la mano de nadie. A lo largo de mi vida una enseñanza como esa me ha llevado a confiar en que las personas que me daban la mano lo hacían porque lo habíamos elegido mutuamente para sentirnos cerca.

El día que decidí marcharme de casa de mis padres, volví a soltarme de la mano. Una vez más, quería dejar de tener miedo. En esta ocasión para perderme y disfrutar de ello. La pasión que sentía por la música fue la que se quedó a mi lado. Yo no necesitaba más.

5

Entrar en una habitación vacía puede evocarte muchas sensaciones: desde la tristeza de la soledad, hasta la excitación de algo que va a empezar. Sin duda experimenté la idea del cambio, y con ello de la evolución. Enseguida intenté convertir aquellos escasos ocho metros cuadrados en un lugar donde hallarme a salvo. Durante los primeros días en el piso estuve colocando la ropa y los libros; busqué un buen sitio para colgar la guitarra y compré un ramo de gardenias para dar vida a mi cuarto. Silvia, una de mis compañeras, me ayudó a cambiar el color morado de las paredes. Necesitaba que fueran blancas; el blanco me hace pensar en el origen.

Cuando terminé de organizarlo todo, empezaron las cenas de bienvenida. Cualquier día era una buena excusa para que vinieran amigos, que se quedaban hasta la madrugada.

Una de aquellas tardes salí a pasear por el centro de

Madrid. La luz de las calles, cuando el sol se reflejaba en alguna fachada y parecía que estaba iluminada por unos focos, me maravillaba. Había un ruido constante, pero mis oídos se acostumbraron rápido y, a pesar del estruendo, llegué a sentir el silencio. Mientras paseaba me llamó Julia.

—¡Carla, Carla, Carla, Carla! —Cuando estaba nerviosa solía repetir las palabras—. ¡Acabo de conocer a un chico en el sindicato de estudiantes con el que tienes que hablar!

—Julia, ya sabes que ahora mismo lo último que necesito es una pareja…

—No, no, no, no —farfulló casi interrumpiéndome—. ¡No me refiero a eso! Es músico en la Plaza Mayor, lleva más de un año tocando todos los días allí y vive de ello, ¿no es genial?

—¿Tocar en la calle?

—¡Sí! Te puede contar su experiencia y animarte a probar. No se hable más: esta noche le digo que se venga conmigo a tu casa.

Mario provenía de una familia muy humilde de un pueblo de León que no podía permitirse pagarle los estudios. Gracias a su impecable expediente académico le ofrecieron una beca y pudo estudiar Biología en Madrid. Con esa ayuda económica logró cubrir sus gastos solo durante el primer año, pues al siguiente curso se la denegaron aunque su situación era exactamente la misma. Fue entonces cuando empezó a militar en el sindicato de estudiantes, donde en una de las asambleas conoció a Julia. Dada su situación, decidió trabajar en bares a media jornada y quedarse. Pero pudo soportarlo pocos meses. Entre las clases, trabajos, reuniones en el sindicato y el bar no tenía tiempo para nada. Por suerte, encontró otra manera de salir adelante. Como Mario solía amenizar alguna vez las fiestas de su pueblo con su grupo de música haciendo versiones de los noventa, pensó que tal vez fuera una buena idea ir por las mañanas a tocar con su guitarra esas canciones a alguna plaza. Lo que no podía imaginarse es que lograría vivir de ello durante tanto tiempo. Todos los mediodías, en uno de los soportales de la Plaza Mayor, al lado de un restaurante, estaba Mario amenizando el aperitivo de los guiris en la terraza.

Escuché con atención y admiración la historia de Mario. Apenas habíamos probado el vino. Éramos tres jóvenes a los que la vida había reunido aquella noche alrededor de la misma mesa. Cada uno con su historia, con sus maletas, sus temores y sus alegrías. Nos dábamos alas mutuamente para hacer más inmediato e impetuoso el salto. Estábamos juntos porque a raíz de los recortes se habían suspendido las becas que Mario necesitaba, y eso lo había hecho frecuentar el movimiento estudiantil. Estábamos juntos porque Julia llevaba una guerrillera dentro desde que a su padre lo despidieran sin motivos y no soportaba las injusticias, de modo que por eso acudía a cada asamblea del sindicato de estudiantes. Estábamos juntos, alrededor de aquella mesa en mi nuevo hogar, porque yo había sido capaz de escapar del sueño de mi madre para vivir el mío propio y para ello había tenido que dejar mi casa y buscar un piso compartido con amigas de Julia. Los tres nos sentíamos mutuamente cerca porque habíamos vencido el miedo, porque cada uno había dejado algo en el camino y ahora, en vez de ponernos piedras, la vida nos recompensaba situándonos uno al lado del otro.

Aquella noche tuve la suerte de que dos personas me animaran a empezar a tocar en la calle. Con los labios tintados por el vino barato y sin apenas probar bocado de la cena, entre los tres creamos un repertorio de canciones. Mario, especializado en temas de los años noventa, me enseñó los acordes de *El sitio de mi recreo*, de Antonio Vega; aseguraba que nadie que lo escuchara podría pasar de largo. A Julia le encantaba el rock, y llevaba tatuada en el costado una frase de Extremoduro adaptada a sí misma: «Condenado a vivir entre maleza sembrando flores de algodón». Los temas que me sugería eran algo más atrevidos, pero se involucraba tanto que tuve que aprenderme el que le había inspirado aquel tatuaje, *La vereda de la puerta de atrás*.

Me convencieron y acabé por aceptar el reto. Durante los días siguientes estuve escribiendo las tablaturas de todas las canciones del repertorio, repasando uno por uno los temas para que todo saliera bien. También escogí a conciencia la ropa que me pondría. Era como acudir a mi primera entrevista de trabajo, pero con la diferencia de que la única que iba a valorar si me merecía el puesto era yo misma.

Decidí empezar un lunes por aquello de que se asemejara lo más posible a un trabajo convencional. Aquella mañana tenía tantas ganas como nervios... Preparé el café tatareando alguna canción, igual que en las horas previas al último examen de la carrera había repasado el código civil. Mario me aconsejó que acudiera al metro en hora punta (él nunca lo hacía porque odiaba madrugar) porque era uno de los mejores momentos de la jornada dada la afluencia de gente.

Eran las ocho de la mañana cuando llegué a la línea 3. Estuve unos minutos quieta observando a las personas escoger su dirección. Cuando empecé a desenfundar la guitarra me temblaban las manos. ¿Era esto lo que estaba buscando? No lo supe hasta que empecé a interpretar la primera canción, *My way*, de Frank Sinatra. No fue una elección casual: además de que mi padre la cantara siempre, daba sentido a mi aventura, pues yo tenía que vivir «a mi manera», no a la de ninguna otra persona. Era una buena forma de comenzar a hacerlo.

Canté con los ojos cerrados, sintiendo cada letra. La música era lo único que nunca me abandonaría. Seguí tocando y disfrutando, reafirmándome en que aquello era lo que buscaba. Estaba eufórica. Pronto me percaté de que no todo el mundo me prestaba atención; la mayoría de los jóvenes llevaban auriculares y los adultos iban con prisas. Pero entre la multitud hubo personas que se pararon a escucharme, aunque fuera por unos segundos. Entre ellas, una señora de unos setenta años que se quedó para oírme interpretar *Dos gardenias*. Cuando terminé se me acercó.

—Gracias —dijo, y sus ojos traslucían cierta emoción—. Hacía años que no escuchaba esta canción, la bailaba agarrada a mi marido cuando éramos jóvenes. Buena suerte. Cantas bonito.

Dejó en la funda de la guitarra un billete de diez euros. Y en ese instante todo adquirió sentido. Las canciones no serían nada si no hubiera nadie que las cantara, pero sobre todo son tanto porque hay gente que las escucha, las siente, a quienes les hace evocar momentos de sus vidas. Las canciones nos hacen seguir vivos en alguna parte de un recuerdo. Aquella señora no volvería a tener veinte años, ni regresaría al local donde bailaba con su marido; tampoco podría oler de nuevo el peculiar aroma del ponche que solía servirse en los años sesenta, ni tocaría nunca más la suave camisa de lino blanco que acostumbraban llevar los chicos en verano. Sin embargo, sí podía recuperar y revivir una parte de aquel baile por unos minutos. Podía cerrar los ojos y escuchar la misma canción. Ahí radica el poder de las canciones: en que seguirán sonando cuando todo acabe. Mientras haya recuerdos, habrá canciones. Solo el olvido guarda silencio, que también es otra manera de sonar.

6

Mi padre me llamaba cada dos o tres días, seguro que por insistencia de mi madre. A ella aún le quedaba mucho orgullo para coger el teléfono y marcar mi número. Las llamadas eran breves, muy concisas, se limitaba a preguntarme si estaba bien y poco más. Aquel día, cuando terminé mi audaz y primera jornada laboral como cantante en el metro, vi que tenía dos llamadas perdidas y a los pocos minutos volvió a telefonearme.

—Carla, ¿qué tal te va? Te he llamado antes, ¿dónde estabas?

—Bien, papá... —Por un instante, no supe si contarle que estaba cantando en el metro, así que me quedé callada.

—¿Carla? ¿Estás bien?

—Sí, sí, perdona. Estaba tomando algo con unas amigas.

—Ah, vale. Bueno, llama a tu madre algún día. Un beso, Carlita.

Cada conversación acababa con aquel «llama a tu madre algún día». Seguramente las dos estábamos deseando hablar, pero ambas esperábamos que la otra diera el primer paso. De mi madre heredé los ojos verdes, la pasión por los dulces y sobre todo el orgullo. Empezamos a distanciarnos durante mi adolescencia. Discutíamos a diario por cualquier cosa y pasaban días sin que nos habláramos, hasta que intervenía mi padre o mi hermana. Pero esta vez, estaba segura de que el paso debía darlo ella.

Al colgar sentí un nudo en el estómago. Le había mentido a mi padre, no me había atrevido a decirle que estaba tocando en el metro, pues sabía que no lo iba a entender, y aún menos mi madre. Entonces pensé en mi hermana Sandra, con quien yo tenía una relación especial. Aunque éramos tan distintas como la noche y el día, sabía que podía contar siempre con ella, en cualquier momento. Me daba los consejos desde la barrera, sin mojarse mucho, pero escuchándome. A veces no se trata tanto de las palabras que necesitamos oír, sino de las que nos hace falta soltar, y ella estaba siempre ahí, escuchando.

Decidí llamarla y contarle lo que estaba viviendo. Lo primero que dijo: «Carla, estás loca». Sandra tenía esa doble faceta de pija y hippy, era una abogada formal, pero vestía ropa de Desigual y veraneaba en Ibiza, así que después de poner el grito en el cielo no pudo evitar decirme:

—Qué divertido tener una hermana tan bohemia… Si te va bien y eres feliz, pues adelante. Pero lo único que te aconsejo es que se lo cuentes a papá y mamá cuanto antes, no vaya a ser que se enteren de otro modo.

Me quedé mucho más tranquila tras hablarlo con ella. Solamente había ido al metro un día, pero había sido como un flechazo, un amor a primera vista. Aquellos minutos habían sido como cuando intercambias las primeras palabras con el amor de tu vida. Sabes que es el principio y que queda mucho por vivir, pero ya no dudas de que es él, y quieres proclamarlo a los cuatro vientos. Y yo había sentido eso cuando había estado tocando allí: no había conocido una manera de vivir, la había encontrado.

Pasé mucho tiempo en el metro, todos los días de lunes a viernes, de ocho de la mañana a diez. En esas dos horas muchas personas pasaban por delante de mí. Quizá la mayoría no recuerden mi cara, ni mi voz, incluso puede que ni siquiera se acuerden de que había una chica cantando en uno de los pasillos, pero yo grababa en mi mente los rostros que veía todas las mañanas.

Me acuerdo de un chico en plena pubertad, con la cara marcada por el acné, que siempre iba con pantalones de colores. Cada día me entretenía tratando de averiguar de qué color sería el pantalón que llevaría. Un señor muy estirado con traje de chaqueta oscuro me daba veinte céntimos a diario, y yo pensaba que era lo que le sobraba del café que compraba para llevar y que prefería echarlo en la funda de la guitarra que guardarlo, cuestión de comodidad. Una veinteañera extravagante, con el pelo azul y ropa de colores muy llamativos, cada vez que pasaba por mi lado se quitaba el auricular, me sonreía y me sorprendía echándome un billete de diez euros. Un africano que trabajaba en una de las tiendas que hay dentro de la estación me decía «Buenos días, hermana» cada mañana. Un abuelo que llevaba a sus dos nietos al colegio alguna vez me dejó caramelos de menta en la funda. Tantas y tantas personas, cada una con su vida y formando parte de la mía, fueron las que me animaron a seguir adelante durante las primeras semanas.

Julia y Mario estaban contentos por mí, al fin y al cabo eran los que me habían animado a tirarme a la piscina. Algunos días a última hora de la mañana venían a recogerme e íbamos a desayunar juntos. A Julia le gustaba contar el dinero y hacer montoncitos con cada tipo de moneda. Con lo que reunía a diario, me bastaba para pagar el alquiler, la comida, tabaco y algunas cañas.

Me gustaba la delicadeza con que Julia iba colocando las monedas unas encima de otras y cuando llegaba a una cifra redonda pasaba a las siguientes. Mientras ella se entretenía con la calderilla, Mario y yo repasábamos algunas canciones hasta que el camarero nos mandaba callar, quejándose de que le espantábamos a la clientela. Julia sacaba su vena justiciera y prometíamos no volver a ese bar, pero al final siempre acabábamos en el lugar de siempre, en la misma mesa.

Y así fue pasando el tiempo, pero yo tenía algo pendiente: contárselo a mis padres. En una de aquellas llamadas de cortesía, mi padre me preguntó cuándo iba a pasar por casa. Habían transcurrido dos meses desde que me había marchado y las ganas de vivir sola aplazaban el momento de la primera visita. Hasta que me vi con fuerzas suficientes para afrontar la situación y cogí el cercanías que me llevaba cerca de nuestra urbanización.

Aquel camino me recordaba tanto a mi adolescencia... Solía subirme con mis amigos a ese tren los fines de semana que íbamos de fiesta al centro de Madrid. Las idas eran divertidas, nos creíamos mayores, tonteábamos unos con otros, poníamos música en el móvil... unos adolescentes de manual. En cambio, las vueltas estaban llenas de preocupaciones, escondíamos el tabaco en el forro del bolso, intentábamos disimular el efecto del vodka y el olor a cigarrillos de la boca y las manos. El día en que por fin decidí visitar a mis padres, me sentía como en uno de aquellos viaje de «vuelta», aunque lo que me preocupaba era otra cosa: tenía que confesarles que cantaba en el metro. Cuando debía contarles alguna noticia, me daba cuenta de cuánto me imponían mis padres. En el tren fui ensayando mentalmente la manera de soltarlo: «Tengo que deciros algo: estoy cantando en el metro», «Estoy muy contenta en Madrid, siempre quise tocar en el metro y eso hago», «Sé que no os va a gustar, pero me gano algún dinero cantando en la calle», «¿Os gusta escuchar música en las estaciones? ¡Pues yo hago eso!». Pero ningún intento de confesión que se me ocurriera me convencía. Intuía la expresión decepcionada de mis padres y la de circunstancias de mi hermana.

Supongo que para retrasar el momento de la confesión, se me ocurrió acercarme a ver a mi abuela Remedios, que vivía a cinco minutos de la estación y a la que le encantan las visitas sorpresa. Además, al ser media mañana, seguro que estaría preparando algo de comer, y a mí desde pequeña me gustaba ponerme a su lado en la cocina y picotear de todo lo que ella iba preparando. Vive en la calle de los Claveles número 7 en un adosado con jardín con Cati, una perrita de pelaje canela que hace fiestas a cualquiera que llegue a casa.

Mi abuela es una de esas personas a quienes la vida no ha tratado bien. Enviudó cuando mi padre tan solo tenía seis años. Cuando su marido enfermó, tuvo que cuidar de él al tiempo que mantenía a la familia trabajando en una floristería. De aquellos duros años le queda la pasión por las flores: en el jardín tiene decenas de plantas, a las que cuida con mucho mimo, podándolas con unas tijeritas pequeñas y regándolas mientras les canta canciones de Gardel —a mi abuela le apasiona el tango—. Luego corta algunas para adornar la mesa del comedor. Siempre nos dice que la vida le arrebató lo que más quería y a cambio le dio las flores. Flores que contemplar cuando se siente sola, a las que cantar las canciones que le recuerdan a su marido, a las que ver crecer como quiso ver envejecer a mi abuelo. Es tanta su pasión que acabé por contagiarme, aunque en menor medida, y me acostumbré a comprarlas todas las semanas en una floristería que había cerca de mi casa en Madrid. Sin duda, su gran amor fue su marido Antonio, pues no ha vuelto a enamorarse. Cuando él falleció, mi abuela tenía tan solo treinta y dos años, así que muchos de sus amigos la animaron a rehacer su vida con el tiempo, pero ella se indignaba.

—¿Cómo podía preguntarme la gente si iba a rehacer mi vida? ¿Acaso estaba destruida? Antonio me acompañó durante quince años, desde que éramos niños, fue el primer hombre que me besó, que me cogió de la mano; nos entregamos en exclusiva el uno al otro. Me enseñó a bailar, a descubrir la hora aproximada según la posición del sol, a liar cigarrillos, a silbar con los dedos en la boca, a hacer nudos de corbata. Me enseñó los tangos argentinos, las películas de Federico Fellini, las reglas del tenis, los poemas de Pedro Salinas.

»Nos dimos un hijo, pudimos verlo crecer juntos los primeros años. La primera palabra que dijo fue "papá" y él le leía cuentos por las noches mientras yo preparaba la cena. Mi pequeño Antoñito heredó sus ojos tristes y sus orejas de soplillo. Tengo tan vivo el recuerdo de verlo leer...

»¿De verdad que la gente creía que mi vida estaba por rehacer? Me parece que los que me decían eso es que no tuvieron la suerte de conocer a alguien que les hiciera el amor con cada caricia, no tuvieron la suerte de tener al lado a alguien que hasta en ausencia es la mejor compañía que puedo tener.

Cuando yo era pequeña y mi abuela me explicaba estas cosas, alzaba los ojos hacia la ventana de la cocina y mientras picoteaba algo creyendo que ella no me veía, suspiraba pensando en sus palabras y soñando en conocer alguna vez un amor así.

Traspasé la cancela del jardín y la perrita salió a recibirme, con el tintineo del cascabel de su collar. Oí a mi abuela preguntar desde dentro quién la visitaba. Al cruzar la puerta de la cocina me abrazó exclamando cuánta ilusión le hacía que hubiera ido a verla. Mirándome de arriba abajo, también se quejó de que estaba más delgada y dio por hecho que no comía bien en Madrid. Mientras sacaba chorizo, queso y aceitunas del frigorífico, empecé a contarle cómo me iba desde que me fui de casa. Para ella todo iba bien si me veía contenta. No paraba de explicarle cosas, cómo era el piso, las cenas con los amigos, quién era Mario... hasta que sin pensarlo y con la misma emoción le conté que estaba tocando en el metro. Sin inmutarse, continuó buscando en el frigorífico cosas que ofrecerme.

—¿No me dices nada, abuela?

—¿Respecto a qué? Si te refieres a lo de cantar en el metro, ya lo sabía; la nieta de Mercedes, mi vecina de enfrente, estudia en Madrid y suele coger la línea donde lo haces todos los días. Se lo contó a su abuela, que un día, mientras estábamos hablando, me lo dijo.

—¿Y no me has dicho nada?

—Pensé que si no nos lo contabas, sería porque no era el momento para que lo supiéramos. Creo en ti, en lo que te haga feliz.

—Vaya, abuela, qué tranquila me dejas. ¿La nieta de Mercedes es una chica que viste de forma un tanto extraña?

—Sí, un poco extravagante. ¿Por qué? —repuso algo nerviosa.

—Porque me extraña que, siendo tan jovencita, cada vez que me ve me deje un billete de diez euros.

—Mmm... sí, qué curioso. ¿Quieres algo más de comer? —Parecía querer cambiar de tema.

—Abuela, ¿estás ocultándome algo?

—Ay, Carlita, no se te escapa una. —Por un momento dejó las patatas que estaba pelando y me miró a los ojos—. Me daba tanto miedo pensar que estuvieras pasándolo mal… Cuando Mercedes me contó que cantabas en el metro, le dije que me avisara cuando su nieta viniera a visitarla y, cada vez que lo ha hecho, le he dado diez euros para que te los dejara en la funda.

Me removí en el asiento. No me lo esperaba.

—Espero no haberte ofendido —continuó—, pero te apoyo en lo que decidas. Solo tienes que entender que me imaginaba a mi pequeña tocando en el metro, ganándose la vida de la forma más honesta… Y tu abuela quería estar ahí, cuidándote de alguna manera. No sabes la de veces que te he imaginado sonriendo cuando esa chica te daba el dinero. Ay, Carlita, ¿cómo iba a dejarte sola?

Yo le sonreí y le di las gracias. ¿Cómo iba a ofenderme? Mi abuela había estado más de un mes velando en la sombra por mí con todo su cariño. Sin compartirlo con nadie. Me animó a decírselo a mis padres.

—No esperes que lo entiendan, Carla, solo intenta que lo respeten; y cuéntaselo con la misma ilusión que a mí.

7

La casa de mis padres estaba en una urbanización donde vivían familias de clase media-alta a unos quince minutos a pie de casa de mi abuela. A medida que iba acercándome se me humedecían las manos; estaba nerviosa, habían pasado dos meses desde que me marchara y no había vuelto a escuchar la voz de mi madre. Cuando llegué permanecí delante de la cancela unos minutos; nunca unas llaves me habían quemado tanto en las manos. Empujé la reja que daba al jardín y, acto seguido, mi padre abrió a la puerta de la casa.

—Pero ¡mira quién está aquí! ¡Mi pequeña! —exclamó.

Me dejé arropar por su abrazo como nunca; cuánto echaba de menos su olor. Enseguida me cogió la chaqueta y el bolso, fuimos hacia dentro mientras me contaba que mi madre llevaba horas en la cocina preparando la comida. Oí ruidos en la escalera: mi madre bajaba lentamente, supongo que intentando disimular su entusiasmo por verme.

Cuando la vi no pude reprimir todo lo que sentía y me lancé a sus brazos. Nos fundimos en un abrazo de los que valen más que mil palabras. Tal vez nuestro error siempre había sido ese. Estábamos acostumbradas a solucionar nuestras diferencias dejando pasar el tiempo, como si los problemas pudieran solucionarse solos. Qué equivocación. Teníamos que haber hablado más, nos debíamos tantas explicaciones la una a la otra y durante tantos años, que esta vez me propuse hacerlo bien. Quería hablar con ella, intentar entenderla y que ella también me comprendiese a mí.

Mi madre es una mujer distante, correcta y muy orgullosa, pero también sé que nos quiere como nadie. Ese día nos sentamos en el sofá mientras esperábamos que llegara Sandra de sus clases de yoga. La conversación fluía de un tema a otro. Me contaban anécdotas de algunas de sus últimas excursiones. Son muy aficionados al senderismo y suelen irse con unos amigos casi todos los fines de semana a la sierra. Mi padre, que es muy comilón, me explicaba con todo tipo de detalles el menú que tomaron en un mesón de Zarzalejo, mientras mi madre se levantaba a cada rato a vigilar la comida. Estuvimos un rato charlando hasta que llegó Sandra, que estaba como siempre, sonriente y repartiendo piropos. «Papá, cada día estás más fuerte», «Mamá, te queda genial esa blusa», «Carla, si yo tuviese tu tipo le sacaría mucho más partido». Lo único que no nos gustaba era cuando se ponía a tratar temas de trabajo con mi madre, pero cuando nos sentamos a la mesa mi padre avisó de que hoy estaba prohibido hablar del bufete. La mesa estaba preciosa, mi madre tiene muy buen gusto. Me di cuenta de que para ella era un día importante porque había puesto unos vasos que utilizábamos en fechas señaladas. Mantel blanco, servilletas de tela, un centro con rosas blancas y, para comer, una de mis comidas favoritas: asado con puré de patatas y alcachofas.

Nos sentamos los cuatro a la mesa como si no hubiera pasado el tiempo y, a la vez, como si estuviéramos de celebración. No podía tardar mucho más en confesárselo, pero no sabía cómo. Cuando empezamos a comer, mi padre abrió la veda:

—Bueno, Carla, cuéntanos. ¿Qué estás haciendo? ¿Qué tal el piso, el trabajo...?

Empecé explicándoles cómo era la casa, la gente que había conocido y cómo me había acogido Madrid, pero mi madre enseguida me interrumpió:

—Todo eso está muy bien, pero ¿de qué vives?

—En cuanto al trabajo, es genial. He encontrado algo perfecto porque tengo un horario muy flexible, está cerca de casa, trabajo con todo tipo de público, desde niños hasta adultos. También puedo elegir un traslado a otra zona cuando quiera y me hace interactuar mucho con la gente.

Mi hermana, que sabía a lo que me refería, decidió no levantar la cabeza del plato, pero tanto mi padre como mi madre se interesaron y sorprendieron.

—¿Y tus jefes están contentos contigo? ¿Y el sueldo? ¿Cuántos días libras? ¿Sabes si tendrás vacaciones en verano? —me interrogó mi madre con sumo interés.

—A nivel económico también es perfecto, porque el sueldo puedo ir ajustándolo según mis necesidades. Y jefes como tales no tengo, toda la responsabilidad recae sobre mí y tengo que organizarme yo. Suelo librar los fines de semana, aunque algún domingo también voy. En verano, ¡claro!, trabajaré más algunos días para tener tiempo libre y poder irnos todos juntos como siempre a la playa. —No pretendía engañarles. En realidad, no estaba mintiéndoles.

—Bueno, Carla, me dejas muy sorprendida, me alegra mucho que hayas encontrado algo tan bueno en tan poco tiempo —dijo mi madre apretándome la mano.

—¿Y cómo se llama la empresa? O ¿qué trabajo haces? —preguntó mi padre.

Era el momento de decirles lo que sin duda no querían oír, pero la realidad era la que ya les había explicado. ¿Qué importancia tenía confesarles que estaba tocando en el metro? Me di cuenta de mis propios prejuicios respecto a lo desconocido y lo poco convencional. Mis padres estaban entusiasmados con todo lo que les había contado de mi trabajo, pero supe que esa alegría se esfumaría en el momento que pronunciara las palabras clave: «Soy música callejera». Tenía que hacerlo, sobre todo porque estaba orgullosa de ello, no me avergonzaba, para mí no era motivo de decepción ni bochorno. Respiré hondo. Levanté la cabeza. Sonreí.

—Canto en la línea 3 del metro.

Hubo un silencio. Luego mi madre dejó caer los cubiertos en el plato y se levantó sin decir nada. Mi hermana negaba con la cabeza y repetía en voz baja: «Lo sabía, lo sabía». Mi padre se quedó mirando la silla que había desocupado mi madre.

No quise dejar que me hundiera la crítica, todos alguna vez hemos sido diana de los dardos del que juzga. En algún momento nos señalaron con el dedo, pero no por ello nos hundimos, al menos yo no. Frente al asiento vacío de mi madre, di gracias a todos los que en mucha mayor medida que yo habían luchado por aquello que sentían, por aquello en lo que creían, por lo que amaban aunque eso los llevara a ser perseguidos, oprimidos o humillados. A los primeros chicos que quisieron ser bailarines de ballet, a las primeras mujeres que quisieron ser políticas, a todos los poetas que escribieron sobre sexo cuando la censura los asfixiaba, a los homosexuales que se besaron en la calle cuando estaba perseguido, a los cantautores que hablaban de libertad cuando un dictador amenazaba con cortarles las manos, a la primera mujer que usó pantalones, al primer hombre que se puso tacones. A todos aquellos que lucharon por cambiarle el sentido a la palabra «diferente». Aquel día me acordé de todos ellos, cuando me debatía entre ocultar algo o estar orgullosa de ello y contarlo sin miedo.

Minutos después, mi hermana se echó a reír rompiendo el tenso silencio.

—Papá, ¿a que hubieses preferido que hablara yo de trabajo?

A mi padre y a mí se nos escapó una carcajada.

—No te preocupes, Carla, se le pasará. No es fácil para nosotros hacernos a la idea, pero tenemos que respetar lo que a ti te haga feliz —me consoló mi padre.

—Gracias, papá. No voy a cambiar de idea, intenta que mamá lo acepte.

Pensé que no era buena idea quedarme más tiempo, así que no tardé en despedirme de Sandra y de mi padre. Antes de irme me acerqué a la cocina para decirle adiós a mi madre. Estaba fumando apoyada en el marco de la puerta de la cocina que daba al jardín. Tenía los ojos llorosos, como si acabaran de darle una mala noticia. No conseguiría hacerme sentir culpable, me negué a disculparme, no dejaría de hacer lo que quisiera. En esta ocasión, le tocaba a ella asumir lo que su hija había decidido para dejar de estar afligida.

Me acerqué a ella como si nada hubiera pasado.

—Gracias por la comida, mamá, estaba exquisita. Me alegro de haber venido y de que nos hayamos reunido todos. Volveré pronto, ¿de acuerdo?

Concentrada en su cigarrillo y sin mirarme, se limitó a mascullar:

—Cuídate, Carla.

8

Los días que llueve son los que más me cuesta ir al metro. La humedad hace que las cuerdas de la guitarra estén mucho más duras y es más difícil tocar. El frío de las manos duplica la dificultad y los pasillos están desbordados de gente. Aquella mañana no había recaudado mucho dinero, pero decidí marcharme pronto. Cuando empecé a recoger las cosas se me acercó un chico. Noté su presencia antes de alzar la mirada del suelo. A medida que iba levantando la cabeza desde sus zapatos de cuero con cordones rojos empapados de agua, hasta el pantalón vaquero con rotos en las rodillas, fui sintiendo que me resultaba familiar, hasta que me espetó: «¿Carla?». Lo miré a los ojos y no tuve dudas. Todo cambia pero, si quieres reconocer a alguien, míralo a los ojos.

—¡Matías Carvajal! ¡No me lo puedo creer! ¡Cuántos años!

—¡Carla! Qué alegría verte. Ha pasado mucho tiempo, pero reconocí tu voz desde el andén de enfrente y he esperado a que terminaras para saludarte. ¿Qué es de tu vida?

Mati era uno de mis mejores amigos en el colegio; cuando íbamos a entrar en el instituto sus padres se mudaron al centro de Madrid y perdimos el contacto.

—¿Tienes cinco minutos? Recojo todo esto y charlamos tranquilamente.

Cuando salimos por la boca de metro soplaba un viento que movía todas las hojas, la lluvia calaba en la ropa y ninguno de los dos llevábamos paraguas, así que apretamos el paso y entramos en la primera cafetería que vimos. Al abrir la puerta de cristal, Mati sujetó la manija para dejarme pasar primero, mientras sonaba el típico móvil de metal que colocan las tiendas antiguas en la entrada para avisar de que ha llegado un cliente. Era una de esas cafeterías que parecen el salón de la casa de tu abuela y a la vez son de lo más moderno. Cada silla de un estilo, las paredes empapeladas, música de los años setenta y, en la barra, una vitrina de cristal llena de magdalenas y tartas. Detrás del mostrador, un chico con los brazos tatuados nos indicó dónde podíamos sentarnos.

Nuestra mesa estaba junto a una cristalera empañada por la lluvia por la que veíamos la calle. El calor del local resultaba muy acogedor, más aún para nosotros, que llevábamos los abrigos mojados. Es curioso que lo que más me gusta del frío sea el calor, la sensación de estar calentita cuando fuera diluvia.

Estaba agitada sin motivo, no sé si eran nervios o entusiasmo, pero miraba la carta dudando si pedirme un Cola Cao porque quizá iba a parecer infantil; aunque si me decidía por los tés me apetecía uno con jengibre y miel de caña, e igual parecía demasiado extravagante. Entre tanto dilema, llegó el camarero y Mati enseguida se me adelantó:

—Para mí un Cola Cao con dos sobres de azúcar, y si tienes alguna galletita para mojar, estupendo, gracias.

Me lo puso tan fácil que solo tuve que añadir: «Que sean dos», como la que se apunta a un whisky con hielo. Ahí estábamos, después de casi quince años, compartiendo un desayuno, como en los viejos tiempos. Lo que más me impresionó fue verle sin sus gafas verdes. Cuando nos conocimos en primaria, era bastante miope y llevaba las típicas gafas redonditas de niño con una goma de patilla a patilla para sujetarlas. Tanto me llamaron la atención entonces que nunca me había fijado que tenía los ojos azules. De pequeña, solo veía aquellas gafas verdes. Mati me contó que a los pocos meses de entrar en el instituto empezó a utilizar lentillas porque no quería ser el chico «culo-botella».

Nos pusimos rápidamente al día como quien ve un tráiler en el que se hace recuento de «en capítulos anteriores...». Sabíamos que aquella casualidad nos daría tiempo para adentrarnos con detalle en la vida de cada uno en otro momento. Se sorprendió de que me hubiera licenciado en Derecho, él había estudiado Enfermería en la Universidad de Madrid, después estuvo de Erasmus en Lisboa y ahora había vuelto a vivir con sus padres, tras dejar, hacía unos meses, una relación con una chica a la que había conocido en la facultad.

A medida que hablábamos estaba más tranquila, más feliz. De alguna manera, ver a Mati era como observarme a mí, como abrir un álbum de momentos pasados. Seguía con su miedo a los espacios cerrados y, a raíz de ello, recordamos la excursión al zoo, cuando le dio un ataque de claustrofobia en el autobús y tuvimos que parar porque se mareaba cada diez minutos. También me confesó que alguna vez se dejaba ganar al baloncesto cuando éramos pequeños. Mencionamos a la señorita Eva, nuestra profesora de gimnasia durante el tercer y cuarto curso, que llevaba un tatuaje en el brazo y un piercing en la nariz. Inocentes, fantaseábamos pensando que era okupa en una casa contigua al colegio, hasta que una tarde la seguimos a hurtadillas y descubrimos que era una chica normal que vivía con sus abuelos y tenía una perrita que se llamaba Laika, y entonces nosotros perdimos todo el interés por ella. Cuántos recuerdos: los gusanos de seda, el juego del elástico, *La historia interminable*, fantástico libro de Michael Ende que releíamos encerrados juntos en mi cuarto.

No tuvimos mucho tiempo porque Mati llevaba algo de prisa, pero nos intercambiamos los números de teléfono para estar en contacto. Cuando nos despedimos nos fundimos en un abrazo en el soportal de la cafetería.

—Hemos hablado más del pasado que del presente, siento tener que irme tan pronto. Tenemos que volver a vernos.

Salió corriendo esquivando los charcos. Iba buscando portales para resguardarse de la lluvia camino de la boca del metro. Desde el primer portal en que se refugió me gritó: «¡A mal tiempo, buena cara!» y luego rodeó una farola al estilo *Cantando bajo la lluvia*, mientras yo me encendía un cigarrillo a la espera de que escampara.

No había cambiado nada. Mati siempre había protagonizado las despedidas más especiales. En ese momento recordé el día que nos dijimos adiós cuando teníamos doce años. Durante el verano sus padres buscaron compradores para su casa y se fueron a vivir a la de sus abuelos para poder enseñarla e ir buscando una nueva por Madrid. Cuando el camión de la mudanza llegó, Mati me llamó para que saliera a decirle adiós. Entre todas las cajas de la familia se reconocían las de él porque llevaban una pegatina roja en las que podía leerse: «Cosas imperdibles de Matías 1: ropa», «Cosas imperdibles de Matías 2: álbumes de fútbol», etcétera. Cuando nos despedimos me dijo que no me preocupara, que seguro que volveríamos a vernos, y sacó una cajita de su mochila con otra pegatina roja, que ponía: «Cosas imperdibles de Matías: Carla».

Cuando llegué a casa estaba empapada, pero aun así fui directa a mi cuarto y rebusqué entre las fotos que me había traído de mi casa. Efectivamente, allí estábamos Mati y yo en la excursión al zoo con nueve años. Antes de acostarme, saqué una foto de aquella imagen y se la envié por móvil diciéndole que estaba muy contenta de nuestro encuentro.

A las siete de la mañana recibí un mensaje de Mati. «El chico de las gafas verdes se alegró mucho de verte. El chico de las lentillas está deseando volver a hacerlo. Disculpa por tener que haberme ido tan pronto, si quieres al mediodía podemos quedar para comer tranquilamente. ¿Nos vemos sobre las dos en la misma estación donde nos encontramos?»

9

El día empezaba con una buena noticia, pese a que había amanecido con una fuerte lluvia. A primera hora de la mañana era uno de los pocos momentos en que coincidía con mis dos compañeras, pues el resto del día lo pasaban trabajando o con sus parejas, cosa que no me importaba porque así cuando venían Julia y Mario teníamos la casa para nosotros. Las dos eran chicas muy prudentes y nunca se inmiscuían en mi vida, pero aquella mañana mi expresión de felicidad me delató. Y aunque disimulé ante sus comentarios sobre si tenía alguna buena noticia, no me acabaron de creer.

—Qué va, es un día normal y corriente, pero he vuelto a ver a un amigo del colegio y parece que tengo otra vez seis años. Hemos quedado para comer a la salida del metro.

Pusieron una mueca de diversión y me preguntaron con curiosidad si era un amor de la infancia, si estaba interesada por él... En ningún momento había pensado en Mati de manera amorosa, y mucho menos sexual. Pero, dada la reacción de mis compañeras, dudé de si él estaría equivocándose o simplemente era un hombre tan intenso como yo. Al fin y al cabo, nos habíamos criado juntos.

En el metro todo transcurrió como de costumbre. Los jóvenes universitarios no tenían tiempo para dejar caer alguna moneda, aunque tampoco llevaban ninguna encima. De cuando en cuando, alguna señora se detenía brevemente y, por instinto maternal, se mostraba generosa. La suma de monedas que al final hacían que un día fuera rentable venían de un sector de mediana edad que no tenía prisa pero sí calderilla en los bolsillos.

A las dos, cuando subía los escalones de la boca del metro, divisé los zapatos de Mati con aquellos cordones rojos. Avanzó hacia mí mientras la multitud salía del metro en dirección contraria a él.

Éramos dos jóvenes que estábamos empezando a «vivir» y nuestro presupuesto era ajustado, así que buscamos un local barato. Encontramos el típico bar de menú, de los que tienen una pizarra fuera con primero, segundo y postre, todo por algo menos de diez euros. En cuanto entramos, el camarero, con camisa blanca y pantalón negro de pinzas (como no podía ser de otro modo), se acercó con un mantel de papel, que colocó en la mesa junto con un par de cartas. Durante la comida volvimos a recordar todos aquellos años de infancia. Reímos mucho con las anécdotas que ambos rememorábamos y brindamos por aquellos dos chiquillos introvertidos que juntos se creían los dueños del mundo. Sin embargo, cuando trajeron el café, Mati se quedó en silencio unos segundos mientras jugueteaba con la cucharilla.

—Carla, me ha encantado volver a verte, y por eso quiero ser sincero y contarte algo antes de que sigamos viéndonos. Hace un par de meses en unos análisis rutinarios me detectaron un alto porcentaje de linfocitos y estoy empezando un tratamiento contra la leucemia. Todo está controlado y dentro unos días me harán un trasplante de médula que parece compatible. Quería que lo supieras porque en breve tendré que ingresar y no quería desaparecer sin motivos ahora que nos hemos reencontrado.

La noticia me dejó petrificada, y aunque pensaba que las palabras podían quebrarse en cuanto las pronunciara, intenté demostrarle que me tenía a su lado.

—Cuenta conmigo para lo que necesites. Por lo visto, la vida siempre nos ha sabido juntar cuando más nos hacía falta. ¿Hay algo más difícil para un niño que los primeros días en un colegio? Y ahora superaremos juntos esto.

Intenté disimular mi preocupación. Mati se mostraba fuerte ante la enfermedad, aunque reconoció sus miedos. Hablamos del tema sin ambages, pero se me saltaban las lágrimas de pensar todo lo que quedaba por delante. Estaba a su lado, quería acompañarlo en aquella travesía.

No podemos elegir cuál es el momento idóneo para que llegue alguien a nuestra vida y mucho menos cuándo se va de ella. La vida nos recompensa con el presente. Nunca seremos más eternos que en el instante que estamos viviendo. Mati y yo nos habíamos reencontrado de la manera más casual para volver a estar cerca cuando más nos necesitábamos. Era tan injusto pensar que podía perderlo, que aparté de mi mente cualquier idea negativa. Centrarme en su enfermedad era hacerla más real, más letal; por eso desde aquel momento decidí arrinconar los miedos en otro lugar donde no me afectaran para disfrutar de nuestra amistad recuperada. Me convencí de que lo único real era que nos teníamos el uno al otro de nuevo. Y la leucemia no iba a poder con él. Mati era valiente, y me confesó que su mayor temor no era morir, sino perder la vida. Así que me comprometí a que, mientras estuviéramos juntos, lo ayudaría a vivir cada día como si fuera el primero, y no el último.

Cuando salimos del bar me acompañó a casa; aunque estábamos a unos escasos cinco minutos, caminábamos lento, supongo que por el peso de la conversación que acabábamos de mantener.

—Ya sé donde vives. Ahora puedo venir por sorpresa —me dijo provocador.

—Ni se te ocurra, no me gustan las sorpresas.

—¿Y si vienen con chocolate? He visto cómo devorabas el bizcocho en el bar. Increíble.

—Quizá… Con chocolate o palomitas de mantequilla puedes conseguir mucho de mí.

—Tranquila, tampoco quiero mucho, no eres mi tipo —me espetó con sorna—. Nos vemos pronto, ¿no?

—¡Claro que sí!

Me tranquilizó aquello de que «no eres mi tipo». Desde que mis compañeras me habían insinuado aquella misma mañana si tenía algún interés por Mati, me preguntaba si quizá era su caso. Aunque prefería convencerme de que éramos dos amigos con ganas de estar juntos.

Cuando volví a casa llamé a Julia; era miércoles y casi todas las semanas nos apoltronábamos en el sofá para ver un programa cultureta sobre cine español, su gran pasión después de la política.

10

Entre otras muchas cosas, Julia me había enseñado a apreciar el cine español. Cuando nos conocimos yo era una amante de las sagas de ciencia ficción y fantasía y las series americanas y no teníamos en absoluto los mismos gustos cinematográficos. Pero nos dimos la oportunidad de compartir nuestra película favorita la una con la otra. La primera vez fuimos a un cinefórum donde proyectaban una de las «intocables» para Julia. Antes de llegar, me avisó con tono aleccionador:

—Salir de tu mundo de ciencia ficción va a ser difícil, lo sé. Pero quiero que durante esta hora y media no esperes un gran reparto, ni los mejores efectos especiales. Solo me gustaría que te sintieras parte de la película. En una película española puedes ser protagonista, hablan como tú, pasean por calles donde puedes hacerlo tú, o incluso tal vez cuenten la historia de tu familia. Lo que más me gusta de estas películas es que detrás de la pantalla esta nuestra vida. Nunca podré volar en una nave de *La guerra de las galaxias* o pelear con hobbits, Carla, pero esta historia que vas a ver pudieron vivirla tus abuelos en primera persona. Sabes que no soy muy patriota, pero, joder, con este cine siento aún más que el presente que vivimos algún día será historia, y que siempre hay que aprender de esta para no volver a cometer los mismos errores.

Era una apasionada.

La proyección fue en la facultad de Comunicación; aquella tarde estaba programada *La lengua de las mariposas*. Me absorbió la relación entre un niño y su maestro durante los meses previos al golpe de Estado en España de julio de 1936 que desencadenó la Guerra Civil. Cuando acabó la película, Julia se volvió y me vio emocionada: había conseguido que cayera en las redes del cine español. Después de aquella sesión, empezamos a recomendarnos títulos y llegó a reconocerme que alguna «americanada», como las llamaba, le gustó más de lo que esperaba. Desde que me había mudado a Madrid éramos fieles a nuestra sesión de los miércoles para ver ese programa.

Aquella tarde, después de la intensa conversación con Mati, sonó el telefonillo antes de hora, cuando estaba metiendo alguna cerveza en el congelador, y ni siquiera pregunté quién era. Al abrir la puerta allí estaban Julia y Mario.

—¡Sorpresa! —gritaron.

Entre risas me explicaron que Julia había avisado a Mario pensando que estaría bien reunirnos todos en mi casa. Me encantó que se presentaran los dos, hacía mucho que no coincidíamos y tenía muchas ganas de hablarles del encuentro con Mati.

—A ver, chicos, ¿qué es lo mejor que os ha pasado en estos días? —A Julia le encantaban los juegos de mesa y siempre conseguía que todo pareciera lúdico.

—¡Pues yo tengo una buena noticia! —gritó Mario muy entusiasmado—. El lunes, mientras tocaba en las terrazas de la Plaza Mayor, conocí a un tipo que vio mis libros de biología al lado de la funda de la guitarra y después de estar hablando un rato con él y contarle un poco a qué me dedicaba, me dijo que formaba parte de un grupo de investigación no remunerado pero muy interesante. ¡Me dejó su tarjeta y me dijo que me pusiera en contacto con él!

Todo lo bueno que le pasara a Mario se lo merecía. Pertenecíamos a una generación a la que se le había prometido que, al acabar una carrera, tendría trabajo, becas, una proyección. Y todo eso se había vuelto contra nosotros debido a la crisis. Sin duda Mario era el ejemplo de superación, de pasión por su vocación.

—¡Señor biólogo! ¡Qué alegría! Ahora te dejamos

contar lo tuyo Carla, pero es que tengo muchas ganas de deciros que ¡he empezado a colaborar en un sindicato llevando todo el tema de derecho laboral! No sabéis la que voy a liar ahora; si antes no paraba quieta, ahora siento que me ampara un poco más la ley. —Julia reía levantando su cerveza—. ¡Brindo por todas las veces que os llamaré para que me ayudéis a pintar pancartas! Venga, Carla, te toca.

—Pues creo que lo mejor que me ha pasado en estos días ha sido reencontrarme con un buen amigo de la infancia. Estaba tocando en el metro cuando nos vimos; ayer desayunamos juntos y hoy hemos quedado para comer. Ha sido una sorpresa volver a verlo, sobre todo porque creo que justo ahora nos necesitamos el uno al otro. Ha sido una de esas casualidades que sin saberlo esperaba que sucedieran.

Mientras les hablaba de Mati, me di cuenta de lo importante que había sido aquel reencuentro; solo había pasado un día y me parecía una eternidad. Entonces reflexioné sobre el poder de las casualidades, de cómo podía cambiar el destino según tomaras una decisión u otra, estuvieses en un lugar u otro. Esa noche Mario nos acababa de contar que por estar tocando en la Plaza Mayor había conseguido aquel contacto, y yo me había cruzado con Mati por estar cantando en el metro. La música sin duda era un puente que nos hacía estar en el lugar indicado en el momento oportuno. Después de hablarles de mi pequeño amigo de gafas verdes, me dijeron que querían conocerlo.

—Anda, Carla, llámalo y que se venga.

—No, es demasiado tarde, estará durmiendo —me excusé.

Al final, pasamos toda la noche charlando y viendo la televisión los tres, pero en mi fuero interno estaba preocupada por Mati. Cuando Julia y Mario se fueron, le escribí: «Quiero estar a tu lado, ha sido una suerte volver a verte y justo en este momento me gustaría que contaras conmigo. Algo así decía Benedetti, "puede contar conmigo no hasta dos o hasta diez sino contar conmigo"».

«Gracias, Carla, mañana empiezo el nuevo tratamiento. Estarán mis padres, pero el día se hará largo. En cuanto pueda, te mando un mensaje con la dirección y el número de habitación. Besos, Carlita.»

11

De camino al metro para hacer mi turno, pasé por la cafetería de siempre a pedir mi café con leche fría para llevar. Aquella mañana fue difícil; hay jornadas que no se dan tan bien. Quizá el día anterior los pasajeros ya habían dejado alguna moneda y había aparecido poca gente nueva; a final de mes todo el mundo se aprieta el cinturón. Aun así intenté ser positiva, saqué mi lado «Julia» y pensé que quizá al día siguiente alguien sería generoso y todo quedaría compensado.

Cuando recogí todas mis cosas, quité la opción de modo avión del teléfono para ver si Mati me había mandado la dirección. Me reconfortaba no tener el móvil operativo mientras tocaba, como si durante las canciones no pasara nada más que no fuera eso, canciones. Lo único real en ese momento eran las historias que cantaba. Cuando acababa ese espacio volvía a mi vida. Nunca me ha gustado mucho hablar por mensajería, prefiero llamar y tumbarme en el sofá a charlar con quien sea, por lo que no tengo muy activas las conversaciones por móvil, pero al encenderlo entran de golpe todas las notificaciones de las redes sociales, algún correo electrónico del banco y publicidad, mensajes en el grupo que tenía con Julia y Mario, y de vez en cuando algún mensaje de mis amigas de la infancia. Entre tantas notificaciones, recibí un mensaje de Mati y vi una llamada de mi padre. Tras buscar la ruta, decidí telefonearlo de camino al hospital.

Cada vez me hacía preguntas muy generales, solo quería saber si yo estaba bien. Le conté mi encuentro con mi amigo de la infancia, pero él no recordaba quién era. Siempre ha estado pendiente de mi hermana y de mí, pero nunca se ha interesado demasiado por nuestras vidas. Eso me separa de él de alguna manera, aunque, por otro lado, prefiero que se mantenga en ese plano. Me contó que la abuela no paraba de preguntar por mí, preocupada como siempre por si comía bien. Supongo que eso de vivir la guerra traumatizó de por vida a la generación de nuestros abuelos, que siguen obsesionados por la falta de comida. Me pidió que llamara a mi madre algún día. Después de ponernos al día, me preguntó si acudiría a la fiesta de cumpleaños de mi cuñado. Celebrarían una comida en casa y querían que fuera. Mi padre me conoce bien, sabe de mi poco entusiasmo por los compromisos familiares. Pero de algún modo pensé que era buena idea, tal vez era una manera de volver a casa sin la presión de ser el centro de atención.

Cuando terminamos de hablar aún me quedaban un par de paradas para llegar al hospital, entonces se me ocurrió llevarle algún regalo a Mati, pero no quería caer en las típicas flores, bombones o peluches. Está claro que si te quieres hacer de oro solo tienes que montar una tienda con esos tres tipos de objetos cerca de un hospital. Cuando bajé del metro, había varios comercios, uno de ellos con libros y revistas. Tampoco quería regalarle algo demasiado profundo, en este tipo de tiendas de las estaciones hay muchísimos libros de autoayuda, que no son nada apropiados para la circunstancia. Así que me dirigí a la parte infantil, donde encontré cuentos bastante simpáticos. Entre ellos, *La pequeña historia de Marcos*, con dibujos de un chico con gafitas que quiere ser astronauta. La similitud con Mati gracias a las gafas me hizo decidirme. La chica del mostrador me sonrió y me dijo:

—Al pequeño que se lo lleves le va a encantar.

Si la dependienta hubiera sabido que era para un chico de veintiséis años que estaba recibiendo su primera sesión de quimioterapia, seguro que me habría aconsejado unas flores.

Cuando llegué a la puerta del hospital y entré, me sentí algo perdida en medio de una abarrotada sala de espera con mi guitarra al hombro, mi mochila con el atril, la carpeta con las letras y, en una mano, mi bolsa con el regalo para Mati. Busqué la mirada cómplice de alguien a quien poder preguntarle por dónde se iba a la habitación 86. Una chica bastante joven con uniforme verde y una plaquita que la identificaba como enfermera me preguntó si necesitaba ayuda y amablemente me indicó por dónde ir. Cuando llegué a la habitación, la madre de Mati estaba sentada al lado de mi amigo y su padre miraba por la ventana con las manos en los bolsillos. Seguían siendo unos señores muy apuestos y elegantes, pero sus rostros traslucían la tensión y preocupación por su hijo.

Mati enseguida les habló de nuestra amistad desde los tiempos del colegio, sus padres inmediatamente se acordaron de mí y me saludaron con entusiasmo. Su madre, Natalia, insistía en que estaba muy contenta de verme y en la casualidad que había sido cruzarme con su hijo. Les sorprendió que llevara la guitarra y, después de contarles mi hazaña de ir a tocar al metro, se alegraron de mi decisión de dedicarme a la música con tanta valentía. Natalia no dejaba de agradecerme que hubiera ido a visitar a su hijo, hasta que el padre la convenció para que se fueran a tomar un café y nos dejaran solos, con la excusa de despejarse un poco.

Cuando se marcharon me senté en la silla que había ocupado la madre de Mati junto a la cama.

—Antes que nada, te he traído un detalle.

—Espero que no sean bombones, hay cuatro cajas en ese armario de ahí; si salgo de esta lo próximo será la diabetes.

Entre risas, comprobé que Mati no había perdido su sentido del humor, y también me alegré mucho de haberme parado en la librería.

—No te preocupes, creo que ha habido muchos partos en la planta de abajo y han acabado con todos los bombones y flores de las tiendas alrededor del hospital. Toma, ábrelo.

—*La pequeña historia de Marcos*, ¡qué divertido! ¡Quiere ser astronauta! Yo también tuve esa etapa, como la mitad de los niños; la otra mitad deseaba ser futbolista.

Supe que había acertado, porque enseguida empezamos a hablar del libro y no de su tratamiento. Me imaginé que Mati debía de estar cansado de hablar siempre de lo mismo, y luego abordamos temas más profundos. Mati es una persona muy intensa, a veces demasiado, y un romántico en toda regla. El cuento nos llevó a la conversación de por qué los niños quieren ser astronautas o futbolistas. Mi amigo defendía que no había nada más importante que pisar la Luna o ganar la liga. En mi caso, al pensar en las niñas, se me ocurrió que las opciones más habituales eran profesoras o médicas. Iniciamos un debate bastante trascendental sobre las prioridades del hombre y de la mujer. Por un lado, las profesiones que, por tradición, se vinculan a las chicas están relacionadas con la ayuda a los demás y el crecimiento humano, ¿hay algo más fundamental que la educación y la salud? Sin embargo, el varón tiene como meta el triunfo personal. Era maravilloso hablar con un hombre consciente de las diferencias entre ambos sexos. Además, me confesaba entre risas que después de darse cuenta de su claustrofobia y su pánico ante los espacios cerrados, había querido ser enfermero. Me encantaba charlar con él de cualquier tema, compartíamos tantos intereses... No me podía creer que hubiera pasado más de una década desde que me regalara aquella caja con la pegatina roja de cosas imperdibles.

Al final la discusión acabó en tablas. Entonces me contó que se encontraba sorprendentemente bien, pese a que las primeras sesiones pudieran causar náuseas. Me confesó que había decidido no hacer reposo. No temía la muerte, sino perder la vida en un hospital. Si todo salía bien, podría haber merecido la pena pasar días y días en el hospital, pero ¿y si iba mal? No dejaba de darle vueltas a todo lo que le quedaba por hacer, a las experiencias que tenía pendientes.

—En estas circunstancias no te planteas haber visitado las cataratas del Niágara, conocer Nueva York o ver a los Rolling. Piensas en las cosas sencillas que están cerca y que nunca hiciste, por miedo o por creer que las harías en otro momento. Ahora pienso en que me gustaría bañarme desnudo en el mar, montarme en la montaña rusa, tatuarme un triángulo, probar la marihuana... Joder, Carla, como no sabemos el tiempo de que disponemos no sabemos si podemos dejar las cosas para otro momento.

Me vinieron a la cabeza todas aquellas cosas que había postergado a lo largo de mi vida, pensando que ya tendría tiempo más adelante. Mati proseguía su discurso con la mirada perdida más allá de la ventana.

—Cuando hace unos meses se rompió mi relación, acordamos darnos unos meses. Pero creo que perdemos más tiempo buscando el momento preciso para tomar una decisión que disfrutando de ella. Y es que el tiempo es tan relativo..., como nunca sabemos de cuánto disponemos, entonces tampoco podemos saber el porcentaje que estamos desaprovechando o qué nivel de estupidez estamos adquiriendo. Si supiéramos el número de días exactos que nos quedan por vivir, ¿acaso tomaríamos las mismas decisiones?

Sus palabras eran como dagas.

—Esperamos a diario: a una persona que siempre llega tarde, al hacer la cola en una tienda, en la parada del autobús (¡además hay pantallas luminosas donde ponen los minutos que te quedan de espera, por si quieres ser consciente de lo que pierdes!), detrás de una ventanilla de Correos, a que se caliente el café... todos los días perdemos minutos mientras está por llegar otra cosa. Pero lo jodido es cuando esperamos a que pase el tiempo, ¿cuándo sabemos que ha transcurrido ya el necesario? Y yo no soy nada místico, de modo que no creo en las corazonadas ni en las energías. A mí me hubiera bastado con que ella me rompiera el reloj y los esquemas y apareciera cuando menos me lo esperaba para saber que había pasado el tiempo que necesitábamos.

—Pero ¿te quedas con el tiempo vivido, no? Por ejemplo ¿qué hizo para que no la olvidaras?

—Por ejemplo, me dijo «Vámonos de aquí» en su propia fiesta de cumpleaños. Nos acabábamos de conocer y me contó que todo la distraía y estorbaba. Todo lo que no fuera estar conmigo. En silencio, hablando, desnudos o de espaldas, pero sintiéndonos cerca y solos el uno con el otro. Recuerdo las luces de la fiesta, sus amigos ilusionados y unas velas en la tarta que nunca llegó a soplar. Creo que en ese momento me enamoré de ella. Por loca (era la más guapa cuando hacía locuras) y por valiente. Por desafiar la razón. Decía que podía notar cuándo entraba yo en cualquier sitio aunque ella tuviera los ojos cerrados. Quizá fue la primera mujer que me hizo creer en la química, en que realmente entre millones de personas hay una que es la que tu cuerpo reconoce, aunque tu cabeza no lo haga.

—¿Y que pasó?

—Que estaba maravillosamente loca, Carla, y yo nunca quise que dejara de estarlo. Y se fue, como todo lo que carece de cordura.

Sentí que sus ojos se entristecían por unos segundos mientras miraba el horizonte, quizá recordando otros tiempos.

—Sé que debería quedarme este tiempo en reposo hasta recibir el trasplante, pero no voy a equivocarme de nuevo, no voy a esperar, ni quiero volver a experimentar la sensación de que alguien se va. No quiero arrepentirme de no haberlo hecho cuando podía. ¿Qué haces mañana? —preguntó, ahora sonriente—. El parque de atracciones de Madrid tendrá montaña rusa, ¿no?

Cabrón, sabía que me aterrorizaba aquella atracción.

12

Visité a Mati en el hospital casi todos los días que duró el primer ciclo de quimioterapia. Aunque su entusiasmo no menguaba, sus fuerzas eran cada vez más escasas. Era realmente duro. Los efectos secundarios habían acabado por aparecer, pero por suerte aún pasarían unos meses antes de que iniciara el segundo ciclo. Una de las alegrías de Mati había sido no perder el pelo, lo que le preocupaba no por una cuestión estética, sino porque no quería que lo miraran con lástima. Cuando éramos niños y empezamos el colegio Mati llegó uno de los días con un parche en un ojo debajo de las gafas, debido a lo que se conoce como el «ojo vago». Se convirtió en la diana de los insultos de los niños crueles. Supuse que tendría miedo a experimentar algo parecido, a llamar la atención allá por donde pasara, y sufrir las burlas de un mocoso o la compasión de un adulto.

Una mañana cogimos el metro para ir al parque de

atracciones, que quedaba algo alejado del centro de Madrid. Muchas excursiones de niños congestionaban la entrada, y nos colocamos detrás de uno de los grupos a esperar nuestro turno. Tan nerviosos como los colegiales, buscamos la montaña rusa, pues no queríamos otra atracción: íbamos a superar mi miedo y a tachar algo pendiente en la lista de Mati. Me temblaban las manos cuando colocaron la barra de seguridad.

—¿De verdad te da tanto miedo? —me preguntó mirando mis manos temblorosas.

—Sí, las cosas que no entiendo me asustan. ¿Cómo se va a poner esto boca abajo y no nos vamos a caer?

—Piensas demasiado. —Se rio.

Hablamos un poco más para intentar calmarme hasta que empezara a funcionar, pero la atracción se llenó y, entonces, los vagones se pusieron en marcha. Mati me agarró de la mano.

—No te lo vas a creer, pero me da más seguridad cogerte de la mano que toda esta protección que llevamos —le dije apretándole los dedos.

—No dirás lo mismo cuando estemos colgando de las piernas.

Mati tenía mucho sentido del humor; además, su risa era bastante contagiosa y levantaba las cejas de una manera muy graciosa cuando sonreía. Mientras duró la atracción me miraba y gritaba fuerte, soltándose de la barra.

—Suéltate, Carla! —chillaba, animándome a sacar todo mi miedo.

En la primera vuelta fui incapaz de soltarme, hasta que me di cuenta de que todo es mucho más divertido cuando lo llevas al extremo. Estaba volando a no sé cuántos kilómetros por hora por un raíl que daba vueltas. Tenía que liberarme del miedo, así que levanté las manos poco a poco y cerré los ojos. Un escalofrío recorrió todo mi cuerpo, desde la puntas de los pies hasta las yemas de los dedos de las manos y sentí la velocidad, el aire y la adrenalina. Mi ritmo cardíaco se aceleraba cada vez más, sentía los latidos contra el pecho recordándome así que estaba llena de vida. Cuando empezó a ralentizarse la velocidad reí a carcajadas, gritándole a Mati que había sido increíble.

En realidad, a ninguno de los dos nos gustaban mucho los parques de atracciones, así que al terminar nuestra aventura dimos un paseo y nos marchamos de allí, cargados de energía. Sin duda fue un día para recordar por todo lo que significaba para ambos.

Me acompañó a casa. Le propuse que subiera y descansara un rato en el sofá. Una vez arriba, se puso a mirar una estantería donde estaban todos los discos, mientras yo calentaba leche para prepararnos un Cola Cao.

—Qué gustos tan dispares ¿no? Hay desde pop americano hasta cantautores sudamericanos.

Removía su taza e iba repasando cada uno de ellos.

Me preguntó si podía poner alguno y escogió un recopilatorio de los Beatles. Al sonar las primeras notas, sonrió y cerró los ojos sorbiendo un poco de la taza. Con esos detalles me daba cuenta de que lo de verdad nos unía era disfrutar de las pequeñas cosas. Éramos sensibles y nunca fingíamos ser fuertes. Nos emocionábamos con las mismas cosas y nos daban ataques de risas por cualquier tontería. Supongo que el amor es encontrar eso, pero entre nosotros faltaba lo que establece la diferencia con un amigo: la atracción sexual. Mati se sentó a mi lado en el sofá mientras sonaba *Let it be* con todo el sentido de la letra: deja que escurra el bulto, todo está bien, déjalo estar y que siga la fiesta. La canción nos aconsejaba seguir adelante con lo que viniera; nada es tan importante como esto que pasa, lo que está pasando.

—Carla, me gusta mucho pasar tiempo contigo pero tampoco quiero monopolizarte. He llegado en un momento de plenitud para ti, a veces siento que te robo tiempo. Tienes que disfrutar de tu nueva vida en Madrid, salir de copas, conocer gente, enamorarte. ¿No tienes pareja?

Supe en qué sentido me lo preguntaba. Él no quería protagonizar mi vida, pero para mí no era un personaje secundario, sino una de las personas más importantes con quienes me había cruzado y deseaba que tuviera un papel principal.

—No quiero que pienses eso, no me robas tiempo, al

contrario, noto que me lo multiplicas, me aportas mucho, Mati, y deseo estar a tu lado. Contigo me siento bien, yo misma. No conozco a muchos chicos que me merezcan la pena. No te preocupes, estoy aquí porque quiero.

—Creo que con esa decisión estás privando a muchos chicos de ser felices, ¿no? —dijo burlón—, pero me siento muy afortunado porque elijas pasar el tiempo conmigo.

Seguimos escuchando música. Se nos hizo tarde, y Mati tenía que irse a casa. Además el día siguiente era el cumpleaños de mi cuñado y yo tendría que volver a la mía después de mucho tiempo. Cuando se disponía a marcharse, sacó algo de la chaqueta: era la foto que nos habían tomado en el parque de atracciones justo en el peor momento de la montaña rusa.

—Toma, Carla. Mientras estabas en el baño he ido a recoger la foto. Quédatela, así la guardas junto a la de zoo cuando fuimos de excursión con el colegio.

Al entrar en mi habitación la coloqué junto a la foto del zoo en una de las puertas de mi armario.

Antes de dormir, mientras preparaba la ropa para el evento familiar, me acordé de que no había comprado ningún regalo. Mi madre estaría pendiente de cualquier detalle, así que quería hacerlo todo lo mejor posible. Puse la alarma una hora antes de lo previsto para ir a cualquier tienda a comprar algo.

13

Había llegado el día de volver. A primera hora de la mañana me llamó mi padre para confirmar que yo acudiría. Salí de casa y busqué alguna tienda de complementos para chicos; tendría que improvisar, aunque era un poco difícil acertar con Esteban, mi cuñado. Se parece mucho a mi hermana: siempre va desaliñado pero en realidad cada detalle está muy pensado. Las pulseras de cuero que lleva no las ha comprado en cualquier tenderete callejero, sino que son de cuero argentino, y los pantalones, aunque tengan algún roto, son Levi's. Dado mi presupuesto, era un poco difícil encontrar un buen regalo para él. Además, en mi caso, los mejores regalos siempre eran discos y libros, pero ¿qué gustos tendría Esteban? Tanto a él como a mi hermana les gusta mucho la decoración, y solían ir al Rastro algún domingo para buscar antigüedades. Tienen una estantería llena de cajas de hojalata de todas las épocas. Por mi barrio había alguna tienda de ese estilo, así que entré en una de ellas. Entre muchas otras cosas vi una de esas cajitas en forma de tiovivo. Me recordaba a la película francesa *Quiéreme si te atreves*, en que una pareja juega a que quien tenga la caja le propone un reto al otro. Si este lo acepta y lo cumple, tendrá como premio la caja y por tanto la decisión de establecer el siguiente reto. Me parecía divertido regalarle algo así, aunque dudaba de si habría visto la película.

De camino a casa, mi padre volvió a llamarme para asegurarse de que ya me encontraba en el tren. Sabía que no era cosa suya, que detrás de su voz estaba mi madre y su preocupación de que llegara tarde. Me pidió que, si iba con tiempo, pasara a recoger a la abuela, y así le evitaba hacerlo a él. Ambas casas están bastante cerca y podíamos dar un paseo hasta la de mis padres. El plan de la comida empezaba a sonar bien. Tenía ganas de abrazar a mi abuela. La llamé para que estuviera preparada al cabo de unos veinte minutos.

Su calle huele a guisos y flores. El vecindario está formado por casitas adosadas una tras otra, con un patio delante. En la mayoría viven ancianos, conocidos de toda la vida. Eran las doce de la mañana, y ya estaban las cocinas en funcionamiento para recibir a los hijos y nietos que iban de visita a casa de los abuelos durante el fin de semana. A lo lejos divisé a mi abuela. La peluquera había ido a su casa para hacerle un bonito moño bajo y pintarle las uñas; Remedios siempre ha sido muy presumida. Cuando me abrió la puerta me abrazó, enseguida me metió prisa para llegar a la hora a casa de mis padres. De camino estuve preguntándole sobre sus cosas, le gustaba mucho cotillear de todas las vecinas y en los quince minutos de camino me contó la vida de medio vecindario.

—¿Cómo va todo, Carlita? —me preguntó luego con su dulce voz.

—Muy bien, abuela, estoy feliz. Pero nerviosa de volver a ver a mi madre.

—No puedes huir. Cuando decides vivir tu vida y eso te causa problemas, no puedes huir. Tu familia va a estar siempre ahí, ¿sabes? No nos abandones —me reprochó.

Sus palabras hicieron que cayera en la cuenta de que las personas con las que iba a comer eran las que me enseñaron a hablar, las que me vieron andar por primera vez y las que han hecho de mí lo que soy. No podía guardarles rencor. Era un día para disfrutar y dejar a un lado los problemas.

Agarrada de mi brazo, llamó al timbre de casa. Nos abrió mi padre. Se mostró muy cariñoso. Aunque era distante normalmente, cuando tenía que ser tierno lo era como el que más.

—¡Han llegado Carla y la abuela! —gritó desde la puerta.

Mi hermana estaba en el jardín preparando una especie

de ponche que había encontrado en un blog para el aperitivo. Estaba un poco confusa, y no paraba de probarlo una y otra vez negando con la cabeza y diciendo que a aquella bebida le faltaba algo. Enseguida me pidió que la ayudara y le trajera una bolsa de limones que había en la cocina.

—¡Limones, Carla! Creo que faltan —me gritó desde el jardín mientras yo entraba en casa.

Vi a mi madre en la cocina. Me acerqué y aunque no me recibió como esperaba, no quise darle importancia. Dejé el regalo de mi cuñado en el recibidor y le acerqué los limones a Sandra. Estuve ayudándole mientras me explicaba lo que había preparado y que le había regalado a Esteban un viaje a Marrakech por el cumpleaños. Estaba emocionada, se la veía feliz. Me alegraba verla tan enamorada de su chico, su historia no había sido fácil. Se conocían desde adolescentes y salieron, pero cuando Esteban empezó la universidad la dejó por otra. Al poco tiempo quiso volver, pero entonces mi hermana se encontraba destrozada. Estuvieron más de un año separados hasta que Sandra se dio cuenta de que se merecían una segunda oportunidad. Y desde aquel día son la pareja perfecta: amigos, compañeros y amantes.

Primero llegaron los padres de mi cuñado, un matrimonio clásico de unos cincuenta años. Trajeron un par de botellas de vino y unos dulces de una famosa pastelería de Madrid. Por último llegó mi cuñado, y todos nos acercamos a felicitarlo. La mesa estaba preciosa en el jardín. Y todos felicitaron a mi hermana porque el ponche estaba exquisito. Al final tenía los limones justos. Mientras lo servía me guiñó un ojo en señal de que había triunfado.

Cuando nos sentamos me puse entre mi abuela y mi padre. Quizá inconscientemente me coloqué al lado de los que menos me habían juzgado siempre. No quería preguntas incómodas. Fue un almuerzo muy agradable, y lo protagonizó el padre de Esteban explicando una reforma que habían hecho en la cocina de su casa y los problemas que habían tenido con las instalaciones, mientras las consuegras hablaban de la nueva decoración que había elegido.

Esteban era arquitecto técnico y aportaba algunos datos sobre la obra entre arrumaco y arrumaco a mi hermana. Mi abuela y yo pasábamos un poco inadvertidas, escuchábamos lo decían, pero no interveníamos en las conversaciones.

—Es un buen chico ¿verdad? —me susurró mi abuela mientras mi cuñado estaba hablando—. A ver si encuentras a alguno así, Carla. No como él, sino alguien que te mire como él mira a tu hermana. Tu abuelo siempre me decía que no podía dormirse si yo seguía despierta, porque lo que más le gustaba era conciliar el sueño mientras yo soñaba. Sabes que yo era un torbellino de joven, supongo que verme tan dormidita le parecería mentira.

Como mi abuela empezara a hablar de mi abuelo, no habría quien la parara. Pero la veía tan poco últimamente que seguí escuchándola mientras me contaba historias que a lo mejor era la cuarta vez que oía. Su gran historia de amor continuaba dándole sentido a todo, después de tantos años de ausencia de mi abuelo.

Mi madre nos miró cuando mi abuela me explicaba con la servilleta de tela blanca cómo le hacía el nudo de la corbata a mi abuelo. Me sonrió. Supongo que con ello quería decirme mucho, pero se limitó a sonreír. Y yo tampoco necesitaba mucho más. Cuando llegó el postre, mi hermana salió al jardín con una tarta llena de velas y cantando *Cumpleaños feliz*. Enseguida empezó la entrega de los regalos. Mis padres le habían comprado una camisa de alguna marca desconocida para mí, pero que todos conocían. Los padres de Esteban, un reloj, supongo que también de un nivel exagerado para algo que solo da la hora. Mi abuela, muy cauta, le había preguntado antes a mi hermana y acertó con unos pañuelos para llevar en el bolsillo de la chaqueta que quería mi cuñado. Mi caja sorprendentemente les encantó, tanto a mi hermana como a él, y aún más asombroso fue que ambos exclamaran: «¡Como la de la peli!».

A veces yo era demasiado malpensada, y los prejuicios solamente son barreras. Al menos sabía que no tenía que cambiar el regalo. Ya era algo. Pero me costaba mucho abrirme con gente que no compartiera mi forma de vida, mis ideologías o mis preferencias. Al final lo único que hacía era perderme otra visión del mundo, donde supongo está la verdadera realidad. Cada vez yo era menos extremista, supongo que con los años nos vamos calmando. Incluso mi amiga Julia acabaría siendo más tolerante, aunque de ella lo dudara más.

Me quedé absorta mirando alrededor de la mesa unos minutos, en silencio. Observando a mi familia, como si todo siguiera igual tras mi marcha. A veces cuando nos vamos de nuestro hogar por ansias de libertad olvidamos lo que hemos vivido entre esas paredes y con esas personas que han estado a nuestro lado toda la vida. En Madrid era feliz, tenía buenos amigos y me sentía llena, pero el amor por mis padres y mi hermana no estaba al alcance del resto. Llevo tanto de ellos que me costaba echarlos de menos porque los sentía muy adentro. Me sorprendí reconociendo que no podía distanciarme por elegir un trabajo que no les gustara, no.

Porque hay mil sitios a los que ir, pero solo uno al que volver.

Cuando nos terminamos el café, ayudé a mi madre a recoger la mesa. Cuando estaba enjuagando los platos, me aproximé y le pregunté cómo podía limpiar una mancha de café en una camisa blanca. Quizá no fuera la mejor forma de acercarme a ella, pero no quería irme sin decirle nada, aunque fueran solamente esas palabras. Sin embargo, se mantuvo distante en todo momento, me explicó algún remedio casero y luego me dijo que no era fácil para ella asumir mi decisión, que estaba decepcionada. No quería discutir, y menos con visitas en casa. Pero aquellas palabras me reabrieron la herida. No sabía cuándo se tranquilizaría, cuándo iba a alegrarse por mí, y eso me apenaba. Quería contarle tantas cosas: mis progresos con la guitarra, lo bien que me iba en el metro, que había conocido a Mario y era un chico increíble, que había vuelto a ver a Mati —mi madre seguro que lo recordaba—, pero con esa actitud no me apetecía compartirlo con ella. Había tantas cosas que no podía contarle... y las palabras que no se dicen se clavan tan hondo que se quedan contigo siempre como una herida. No llegaba a entender esa frialdad, y me dolía tanto vernos tan distanciadas que prefería dejar pasar el tiempo y no forzar nada que pudiera hacerme más daño.

Como mi abuela estaba cansada, decidí marcharme con ella y acompañarla a casa; era una forma de escabullirme. Mientras recogía el abrigo mi hermana se acercó a preguntarme cómo iba todo; ella no se daba cuenta de muchas cosas. Le conté que me iba genial, que nos veríamos pronto y se volvió tan feliz al regazo de Esteban. Cuando la veía tan a gusto con su chico me apetecía mucho tener a alguien al lado a quien besar y con quien hacer el amor, al que querer y profesar un cariño semejante. Cada vez que coincidía con ellos me quedaba observándoles sonriente, imaginando si algún día sería capaz de abrirme al amor de aquella manera.

De nuevo mi abuela me agarró del brazo y fuimos andando hacia su casa. No hablamos mucho en el camino de vuelta, pues ella estaba cansada y yo no me sentía bien debido al comentario de mi madre. Como tantas otras veces, mi abuela Remedios me dejó que disimulara mi disgusto.

Tenía ganas de llegar a casa y llamar a Julia para salir a tomarnos unas cañas por el barrio y despejarnos un rato.

14

Los domingos solía levantarme tarde; además, si la noche antes llegaba a casa habiendo bebido algunas cervezas de más no podía dormir. Cuando alguna idea revoloteaba por mi cabeza me gustaba escribir de madrugada; no es que fueran poemas, sino solamente pensamientos que plasmaba pero que luego rompía en pedazos para no encontrármelos cualquier otro día y avergonzarme de ellos. No eran palabras que quisiera volver a leer, sino que solo necesitaba expresarlas para sacarlas de dentro. Encontrar una actividad que te ayude a evadirte es una de las tareas más difíciles, pero si das con ella es mejor que cualquier psicólogo.

Aquella noche tenía cosas dentro, tal vez todo lo que me gustaría haberle contado a mi madre o haberle dicho después de oír que yo la había decepcionado.

Cogí una libreta y anoté lo que se me ocurría. Después busqué en la guitarra una melodía que pudiera acompañarlas. En momentos como aquellos me gustaba cantar canciones tranquilas que me dejaran aire para respirar, *Breath me* de Sia, *That look you give that guy* de Eels, *Celoso* de Javier Barría… Cantar es quitar piedras de la mochila.

Me eché a llorar. Ponía tanto corazón en todo que a veces me quedaba vacía para los demás. Quizá por eso me resultaba tan difícil encontrar a alguien. Igual debería guardarme algo de pasión para volcarla en una pareja, como me sugería Mati. Pero me resultaba tan difícil encontrar a esa persona tan especial…, hacía años que no sentía nada por nadie. Incluso me planteaba si me había llegado a pasar alguna vez. Jamás había notado ese nudo en el estómago que se te pone cuando alguien te roza. Había tenido relaciones muy cortas en las que disfrutaba de un cariño muy superficial y noches excitantes. Pero claro que quería que me mirasen como mi abuelo a mi abuela, o como lo hacían mi hermana y su novio. Claro que quería eso. Lo que no sabía era si yo podría mirar así a alguien algún día.

La luz de la mañana entraba por la ventana proyectando las formas de la persiana en la pared. Busqué mi bolso entre el montón de ropa de mi habitación y saqué un cigarrillo. La noche anterior había estado hablando con Julia del problema con mi madre. Estaba rabiosa, como una adolescente, y me sentía impotente, como una adulta. Me daba cuenta de que ella tenía la culpa de que no nos hablásemos. Cuando amas a alguien no te separan las diferencias, los defectos siempre son parte del amor. Mi madre no asumía que para arreglar la situación no era yo la que debía cambiar. Sin embargo, la rabia se diluía y todo se relativizaba cuando pensaba en Mati. Julia me había preguntado por él. No supe qué decirle. Durante aquel día no había contestado a mis mensajes y estaba un poco preocupada. ¿Y si la visita al parque de atracciones no había sido una buena idea...? Me sentía responsable.

El día siguiente continuaba sin tener noticias de él; no contestaba a los mensajes. Busqué en el bolso una tarjeta de visita que me dio su madre en el hospital donde venía su número de teléfono. Cuando descolgó, percibí enseguida su tono preocupado. Mati llevaba todo el día en cama con fiebre alta y muchas náuseas. Lo mejor era dejarlo descansar. Me dio la dirección de su casa por si quería visitarlo cuando mejorase. Pese al sol resplandeciente en la calle, entre las cuatro paredes de mi habitación todo se volvía gris por la gravedad de Mati y lo lejos que estaba mi madre.

Aquella tarde deambulé por las calles de la capital; hacía tiempo que no paseaba sola. En Madrid refrescaba de repente aunque salieras a pleno sol. Por suerte llevaba una chaqueta vaquera que había rescatado de una percha en casa de mis padres el día anterior, durante el cumpleaños de mi cuñado.

Caminaba sin rumbo. A veces cuesta no pensar a dónde ir, sin quererlo tus pies te arrastran a los lugares que conoces, a los caminos que ya has recorrido alguna vez. Intentaba disfrutar del paseo de una manera diferente, librarme de todas las tensiones y quedarme en blanco, solo escuchando las canciones que sonaban en el reproductor. Uno de los aspectos más difíciles de la meditación es ese: no pensar en nada. Para mí era mucho más sencillo lograr ese estado mientras me movía y sentía cosas. Aconsejan una postura erguida, en una habitación con poca luz y a solas, pero de esa manera me es imposible relajarme. Con tantas cosas en la cabeza y sola conmigo misma, no lograba dejar la mente en blanco. En la calle, sin embargo, olvidaba lo que tenía en la cabeza para llenarme de sensaciones. Los olores son como las canciones, nos llevan a otro momento vivido con solo cerrar los ojos y respirar hondo. Me gustaba clasificar las ciudades por cómo huelen. Para mí Madrid olía a flores porque vivía muy cerca de un plaza llena de floristerías en plena calle. Me encantaba pasar por allí y recordar el jardín de mi abuela. Incluso las estaciones del año tienen su propio olor: la Navidad huele a castañas asadas en los quioscos que ponen por todas las ciudades; el verano a crema solar; la primavera a flores, y el otoño a tierra mojada, olor que tiene su nombre propio, «petricor». La pasión por los olores me había llevado a buscar experiencias diferentes para potenciar los sentidos. Una de ellas fue ir a un restaurante donde te vendaban los ojos para disfrutar más de la comida. Es increíble que al perder la visión desarrolles mucho más los otros sentidos. Si cerraba los ojos al pasar por aquellas floristerías era capaz de percibir más cerca el calor de mi abuela, la sensación de protección, de estar a salvo. Es igual de importante huir que tener un sitio adonde siempre volver. Apelo a los recuerdos: son mi verdadera ancla. Por eso guardaba como tesoros las fotos de mi infancia, por eso tenía miedo de perder a Mati, por eso no me dejaba dormir estar tan lejos afectivamente de mi madre.

Caminaba sin dirección ni meta. Por casualidad vi una sala de exposiciones abierta al público y me pareció interesante. Era un lugar austero, con paredes blancas y techos muy altos. Un chico en la puerta me dio la bienvenida y las gracias por entrar; supuse que sería el autor de las obras. En la entrada había una mesa llena de folletos en los que se explicaban los cuadros. La exposición se titulaba «La pasión de lo eterno». Yo a veces no entendía bien la intensidad de algunos artistas, pero al pie de cada cuadro había un poema bastante evocador que daba sentido a lo que se plasmaba en el lienzo. Algunos eran más abstractos que otros. Entre ellos había una preciosa acuarela de una chica con apariencia delicada —que no frágil— recogiéndose el pelo. Al pie, un poema de Luis García Montero: «Si alguna vez la vida te maltrata, acuérdate de mí, que no puede cansarse de esperar aquel que no se cansa de mirarte». Me quedé unos minutos contemplando el cuadro, y entendí algo más el título de la exposición. Hay algo especial en lo eterno; supongo que el artista tendría a alguien a quien mirar sin preocuparse del tiempo. Seguramente a esa chica que se recogía el pelo. Estaba fantaseando sobre lo que le habría hecho pintar el cuadro, cuando vi en la sala a la chica de la acuarela. Era como la imaginaba, no físicamente, sino en sus maneras: transmitía la misma paz.

Cuando visito ese tipo de lugares no me gusta mostrarme reticente ante lo que voy a ver. Dejarse sorprender es fundamental para disfrutar de las cosas. Seguramente la chica del cuadro fuera una modelo, una amiga o su compañera de piso, y era muy probable que en aquella escena todo estuviera pensado, desde la posición de sus brazos recogiéndose el pelo hasta la luz que entraba por la ventana. Pero encontré tanta sutileza en lo que estaba viendo, que ¿por qué no ser romántica y pensar que eran una pareja; que una mañana cuando despertaron después de pasar la noche haciendo el amor, él se quedó en la cama mirándola peinarse?

Al llegar a esa apasionada conclusión respecto al artista y la modelo, me acordé de las veces en que pensé que algo duraría para siempre y me reafirmé en seguir creyéndolo cuando lo sintiera. Pensar que todo se acaba era como creer que aquel cuadro no era más que una pintura sin historia.

Antes de irme busqué al chico de la entrada para darle la enhorabuena, y recalqué que sobre todo aquel cuadro me parecía especial.

—Muchas gracias, ¡ahora mismo se lo digo a Silvia! Es mi chica, bueno, la modelo del cuadro. Le daba mucha vergüenza que la pintara, pero por lo que dices al final mereció la pena.

«Y tanto que sí», pensé mientras salía, diciéndome que a veces todo es posible.

Miré el reloj. Eran las siete y media de la tarde. Y, de repente, volví a la realidad. Había recibido un mensaje de Mati en el que decía que estaba mejor. Me sentí muy aliviada. Pero, aun así, mi amigo no podía salir durante unos días, de modo que le propuse desayunar en su casa cuando terminara mi pase en el metro al día siguiente.

Aquel domingo transcurrió en paz. En un lugar desconocido de donde había salido creyendo que el arte, para emocionar, tiene que ser verdad.

Estuve conmigo misma.

Y sin necesidad de nadie más.

O al menos eso intentaba pensar.

15

El olor a café recién hecho me recordaba a casa. Quizá por la semejanza del grano molido con la tierra, que tanto asociamos con los orígenes. Hay pocas cosas en un piso de estudiantes que se parezcan al hogar de tus padres. Éramos tres chicas bastante descuidadas con la limpieza, la decoración y el orden. Utilizábamos el salón como lugar de paso o de reuniones nocturnas con nuestros amigos. Cada una tenía su pequeño universo en su habitación y por norma general íbamos limpiando guiadas por un cuadrante que había en la puerta del frigorífico y en el que repartíamos las tareas. Mi habitación estaba al fondo del pasillo. Tenía una ventana que daba a un patio interior por la que entraba un poco de luz por las mañanas. Cuando alguna de mis compañeras se levantaba con tiempo suficiente para desayunar en casa, el olor a café llegaba hasta mi dormitorio y me despertaba igual como lo hacía en casa de mis padres.

Esperé a oír que se cerraba la puerta de la entrada para levantarme. No hay nada mejor que el silencio a primera hora de la mañana. Me serví una taza del café que había sobrado y repasé el repertorio para el metro. Tenía ganas de acabar el pase para ir a ver a Mati. Era increíble la fuerza con que había entrado en mi vida. Se había colado tan adentro y en tan poco tiempo... Pensaba en cómo habría sido la mudanza en Madrid sin él. Quizá habría estado más tiempo con Julia y Mario. Tal vez hubiese conocido a alguien, como él me sugería, o intimado más con mis compañeras de piso. No sé. Lo que sí tenía claro es que nada podría haber sido mejor que reencontrarme con él. Antes de salir de casa recibí un mensaje suyo: «Qué ganas de que vengas y me ayudes a escaparme un rato a la calle».

Mati tenía prisa por vivir demasiadas cosas, porque no sabía cómo iba a evolucionar. Pero debía descansar, todo el mundo le recomendaba el reposo. Supongo que de una manera u otra en la vida todos tenemos que elegir en algún momento. Hacerlo sin saber cuál será la decisión correcta, porque hay cosas que solo conoces si las vives.

Pensé en Sandra, que estuvo sopesando la posibilidad de hacer un voluntariado el año que su chico la dejó. Reunió todos los papeles y la documentación para marcharse a la India y colaborar allí con una asociación que ayudaban a niños y niñas analfabetos. Lo tenía todo preparado cuando de repente un día decidió anular el viaje. A veces huir del daño no consigue superar los duelos y se dio cuenta de que no es más valiente quien se marcha. Hay que tener el mismo valor para coger una maleta e irse a miles de kilómetros que para quedarse a esperar. Ella siempre creyó en Esteban y escuchó su voz interior. Y él volvió, apenas unos días después de que mi hermana hubiera decidido no ir a la India, cuando aún no era demasiado tarde. Regresó y ella no estaba lejos porque había hecho caso a su corazón. Sandra jamás pensó en qué habría ocurrido si se hubiera ido. Años después quiso preparar de nuevo ese viaje, cuando dejó de sentir la necesidad de escapar. Cuando hay que decidir, mi hermana y yo nos parecemos en lo pasional. Quizá por eso no le sorprendió que eligiera dedicarme a la música al acabar la carrera. El corazón nos señalaba diferentes caminos, pero nos latía a ambas con la misma fuerza.

Sin apenas darme cuenta había llegado a la zona residencial donde vivía Mati, cerca del centro de Madrid, una zona de edificios altos de ladrillo oscuro y ventanas enormes. Para entrar en su portal había que llamar primero al telefonillo a fin de que te abriera una cancela que daba a una zona verde donde estaba la puerta principal del bloque. Un chico uniformado y bastante atractivo que estaba limpiando la entrada me preguntó amablemente a qué piso iba y luego me acompañó al ascensor. Siempre que pensaba en la figura del portero imaginaba a un señor de avanzada edad y poco agradable. Una idea bastante alejada de la realidad con que me topé allí.

Al entrar en casa de Mati, su madre me recibió con un abrazo, tan cariñosa como siempre. Era una casa preciosa, muy luminosa y con muebles claros. Me pidió qua apaciguara a Mati y sus ganas de salir. Las dos sabíamos que tenía que guardar reposo, pero para él yo era su compañera de escapadas. Aún no había cruzado el umbral de su habitación cuando me llegó su preocupación:

—Cuéntame algo nuevo, diferente. Estoy cansado de estar encerrado entre estas cuatro paredes. ¿Qué has hecho? ¿Has conocido a alguien en este tiempo?

—Pero ¡si solo han pasado tres días!

—Toda una eternidad para mí —exageró.

—Pero por darte una alegría voy a decirte que igual sí... Hacía tiempo que no miraba a un chico de esta manera: reconozco que tu portero no está nada mal.

Se echó a reír.

—¡Qué ojo Carla, qué ojo! —exclamó, y lo repitió—. ¡Es el novio de mi vecino! Al jubilarse el portero que había preguntaron por el bloque por si alguien tenía interés o conocía a alguien que lo tuviera. Y mi vecino propuso a su chico, que llevaba unos meses en paro. Todos están muy contentos con él. Es encantador, pero no creo que tengas posibilidades.

Luego me propuso que bajáramos a desayunar, pero su madre fue mucho más rápida y nos trajo al dormitorio una bandeja con café y galletas. Al irse me guiñó un ojo y nos susurró que en casita se estaba mucho mejor. Mati resopló.

Habían sido días complicados para él. Estaba muy desmejorado, aunque sus ojos tenían la misma expresión de valentía. Se incorporó en la cama para desayunar mientras me contaba los días que había pasado.

—¿Sabes, Carla? Nos quedaremos en casa. Llevo días deseando salir de estas cuatro paredes. Todo se me cae encima aun sabiendo que los médicos me recomendaron quedarme hospitalizado y quise venirme a mi hogar. Pero acabo de darme cuenta de que las decisiones son individuales pero las consecuencias pueden afectar a los demás. Hacía años que mi madre no me traía el desayuno a la cama. Y tomar una buena decisión también es pensar en cómo repercute en los demás.

Pensé en mi propia madre, y en nuestra absurda discusión.

—Sus actos de amor —prosiguió— han sido muchos durante este tiempo, de un amor incansable. Cuando quiera salir abriremos la ventana, que entre aire. Tú vendrás a verme, ¿verdad? Quiero que estés cerca.

Al lado de Mati, las horas pasaban muy rápidas. Nos gustaba filosofar sin reprimirnos y sin miedo a discutir. Rara vez no estábamos de acuerdo en algo, pero cuando discrepábamos sobre un tema, podíamos debatirlo de tal manera que llegáramos a entendernos el uno al otro. O incluso cambiar de opinión.

La música nos entusiasmaba. Mati siempre esperaba que alguien de una discográfica que pasara por el metro me oyese y yo triunfara en todas las radios nacionales. «El éxito es eso, Carla, quiero verte cantar para miles de personas», me decía.

Cuando le expliqué que para mí la música era mucho más que llenar un estadio empezó a comprenderme. Tenía suerte si podía vivir de ella. Si podía nutrirme a diario de canciones. «El reconocimiento de los demás no es sinónimo de éxito», le repetía yo una y otra vez.

—Detrás de una canción hay tanto... —le dije aquel día—. Horas con la guitarra, escribir una y otra vez hasta encontrar el verso perfecto. Hay aprendizaje, muchos discos, muchos libros, muchas horas dedicadas a la inspiración, que a veces tarda en llegar. Detrás de una canción están los conciertos, negociar con las salas, viajar, cargar los instrumentos, correr el riesgo de que no salga rentable. Pero nosotros solo escuchamos una canción que dura unos cuatro minutos escasos. —Mati asentía atento a mis palabras y yo continuaba—: Hay tanto esfuerzo y tanto trabajo… Y respecto a los músicos callejeros, tienen horas de ensayo en casa, de preparar el repertorio, de estudiar los acordes de la guitarra; han de encontrar un sitio donde la policía no pueda echarlos y cargar con todo el equipo hasta llegar a ese lugar, desde donde ven pasar a la gente que piensa que simplemente están tocando canciones. Con frío, lluvia o a cuarenta grados. La música es más que una canción, Mati.

Sabía que mi amigo el de los cordones rojos, el niño de las gafas, me entendía; a él le apasionaba la música tanto como a mí.

—Y hay mucha más música de la que escuchamos. Las ciudades están llenas de salas de conciertos donde todas las noches tocan bandas de rock, cantautores, músicos de jazz… Por no aparecer en los medios no significa que no hayas triunfado. Desde que empecé a cantar en el metro, varias personas me han preguntado por qué no me presento a algún *talent-show* televisivo.

—Y ¿por qué no te prese…?

—¡Como si la finalidad de todos los cantantes fuera aparecer en la pantalla! —lo interrumpí—. Y luego está la gran pregunta: «¿A qué te dedicas?». «Soy músico», respondes. «Ah, genial, pero me refiero a que con qué te ganas la vida», te dicen. Por lo visto, si no sales en la radio o en la televisión no puedes vivir de ello. El éxito de un músico, créeme, no es ver a miles de personas coreando sus canciones. Y ojalá se llenaran estadios para oírme cantar, pero no me digas que por eso he logrado el éxito. Será suerte y trabajo, pero la vida es más.

—El éxito es que tu madre te traiga el desayuno a la cama —continuó él.

—Que tu pareja te espere despierta cuando llegas del concierto —le seguí.

—Que tu padre sea tu mayor fan. —Mati me había entendido.

—Que tus hijos se duerman con una canción tuya. Y para todo eso, amigo, no hace falta que venda un millón de discos.

Quizá en su ilusión por mi triunfo subyacían solamente sus ganas de conocer a Sting. Cuando encontraba algo que le gustaba era un fanático, de modo que tenía todos los discos y DVD de Sting y había ido a todos los conciertos que había dado en España. Alguna vez me confesó que vio en mí su única —y remota— posibilidad de conocer a su ídolo.

A lo largo de la mañana su madre, llamando antes a la puerta, estuvo entrando en el dormitorio para ver si necesitábamos algo y para asegurarse de que Mati seguía estable. Al cabo de pocos días volvería a ingresar para las siguientes sesiones de quimioterapia. Estábamos asustados, pero Mati tenía tanto amor que nos contagiaba a todos su energía positiva.

Antes de irme me pidió un bolígrafo y la libreta donde solía apuntar sus reflexiones. Supuse que después de aquella conversación tendría mucho que filosofar y anotar en aquellas hojas.

Todo saldría bien. Todo pasaría.

16

Pasaron semanas hasta que pude volver a verlo; había estado demasiado frágil y hospitalizado, por lo que no me había dejado visitarle. No obstante, seguíamos manteniendo el contacto con llamadas bastante largas.

Mientras tanto, aproveché para recuperar las tardes con Julia, que había conocido a un chico en el sindicato y estaba radiante. A medida que me contaba su primer encuentro se le iban iluminando más y más los ojos. Me lo describió hasta el más mínimo detalle. Julia era una chica bastante atractiva, se cuidaba más de lo que parecía, además de ser una belleza natural. Al describirme al nuevo chico, me pareció diferente al resto de novios que había tenido. Cuando la conocí le atraía aquel que fuera el más activista, liberal, desaliñado y sobre todo con unos ideales políticos muy claros. Pero con todos los que respondían a ese perfil acabó mal. Al principio ella enloquecía, se enamoraba en una semana y ya creía que era el amor de su vida. Nunca intimé con ninguno de los chicos por no cogerles cariño y que luego llegara Julia llorando por su ruptura. Se dejaba llevar, se entregaba tanto, que en cada separación se quedaba vacía. Pero aquel chico era diferente. Colaboraba de manera desinteresada con el sindicato ayudándoles con la contabilidad. Acudía una vez entre semana para repasar algunas facturas y tenerlo todo organizado. No participaba activamente en las tareas sindicales y, de hecho, Julia dudaba de sus ideales políticos. Pero no le importaba.

—¿Sabes cuánto tiempo hacía que no venían a recogerme al trabajo? A veces luchaba conmigo misma por seguir saliendo con tipos tan distantes, que iban a la suya, pero me daba tanto morbo y me parecía tan atractivo ese tipo de hombre... —reconoció—. Pero, Carla, a mí me gusta que me cuiden. Igual que yo quiero hacer lo mismo. Cuántos detalles no valoraban los otros chicos. Y me encanta que exista gente como ellos. Tiene que haber hombres y mujeres así, individualistas, independientes hasta el extremo, que no se fijen en si te has cambiado los pendientes y lleven años sin ir de compras. Pero a mí me gusta que me acaricien antes de dormir. Y me gustó que al conocernos, cuando me dio dos besos, olía a perfume. ¡Estoy feliz, Carla! —exclamó sin poder reprimir su alegría—. Quiero reconciliarme con el amor, porque pensé que pocas personas volverían a hacerme sentir esto. Pero cuando menos te lo esperas, aparece alguien y te recuerda que aún eres capaz de estremecerte.

Era sin duda un momento maravilloso para Julia, pues había encontrado un trabajo con el que se sentía realizada y una persona con quien ser ella misma. Me alegraba mucho por ella. Cuando terminó de contarme con todo tipo de detalles el primer encuentro más íntimo (nunca escatimaba detalles), enseguida me preguntó por mí. No supe qué contestarle, no tenía la necesidad de estar con nadie, pero la constante preocupación de la gente que me rodeaba empezaba a inquietarme. A diferencia de Julia, yo no había estado con muchos chicos y una de mis conclusiones había sido que quería encontrar a alguien parecido a mí. Además, Julia tenía un carácter jovial y divertido que facilitaba las relaciones. Sé que no debería compararme con ella, pero a mí, sin embargo, me era difícil abrirme; cuando me atraía alguien me encerraba en la inseguridad y la timidez. Así era mucho más difícil despertar el interés de nadie. Asimismo, con la edad me había vuelto muy exigente, y quizá tenía una idea de la pareja que quería, de manera que si una persona no cumplía alguno de los requisitos ideales ya no me interesaba.

Aquel día Julia estaba especialmente insistente con el tema, y me sentía incómoda. No solo me preguntaba una y otra vez si me atraía alguno de sus amigos, sino que intentó organizar una cena con su chico y algún amigo de este. Tras varios argumentos quedó convencida y dejó de insistir en aquella terrible cita a ciegas.

Además de mi rechazo a cenar con alguien al que no conocía, me gustaba creer en las casualidades. Y una cita tan planeada destrozaba mi idea romántica del azar.

Por otro lado estaba mi miedo al compromiso. Siempre hui en los momentos en que había que firmar. Sentía claustrofobia cuando un acuerdo me ataba de algún modo a unas normas. Lo mismo que me pasó el día del acto de imposición de togas —aquella sensación que respondía al temor a pertenecer al bufete de abogados de mi familia, quizá por miedo a no estar a la altura— me sucedía con las parejas. Hay que ser tan generoso para amar, que no sabía si quería entregar tanto de mí en aquel momento. Por esa razón tenía algo aún intacto: nunca me habían roto el corazón.

17

Una llamada de mi abuela me sorprendió pocos días después mientras volvía a casa de trabajar. Teníamos una complicidad parecida a la de las buenas amigas. A veces solo me llamaba para que le recordara algún número de teléfono de la familia; en cambio, esta vez lo hizo para preguntarme por una buena joyería en Madrid donde poder limpiar sus anillos de boda. Mi abuela llevaba también la alianza de mi abuelo y con el tiempo y el uso se habían estropeado. Tras hacerme esta consulta, enlazó con el día de su boda. Por lo que ella nos cuenta, mi abuelo debía de ser un señor despistado. Aquel día era cometido suyo llevar los anillos a la iglesia, pero, en el momento de intercambiárselos, cuál fue la sorpresa de mi abuelo al darse cuenta de que tras ponerse la chaqueta se los había dejado olvidados sobre la cómoda. Uno de sus mejores amigos tuvo que salir corriendo a por ellos antes de que terminara la misa, pero por suerte el pueblo en que se casaron, que está cerca de Toledo, era muy pequeño.

Al acabar de contar la anécdota guardó silencio. Me la imaginé cerrando los ojos unos segundos y sonriendo: siempre lo hacía cuando hablaba de su marido. Al escucharla contar con tanta pasión esa vivencia, compartí con mi abuela mi reflexión acerca de que el amor había cambiado mucho desde su época. Mi Remedios no se quedó impasible.

—El amor no cambia, Carla, lo habéis hecho vosotros —repuso—. Antes era un compromiso quererse, aceptabas con gusto ciertos cambios en la vida por enamorarte. Todo se ha vuelto tan frío… En una carta no hay lo mismo que en un mensaje. Recuerdo las primeras que me escribió tu abuelo. —Mi abuela suspiró y yo sonreía al otro lado de la línea—. ¡Sin signos de puntuación, Carla! Sus nervios y sus ganas de conocernos más le hacían olvidar hasta los puntos y las comas. Unas cartas indescifrables, pero llenas de sentido.

—No lo dudo, abuela.

—Ahora todo va mucho más rápido, nunca os sentiréis la mitad de alguien. Por un lado me parece un avance, sobre todo para la mujer.

Mi abuela, a sus ochenta y seis años, continuaba siendo la mujer moderna que siempre había sido, y me encantaba escucharla, aprender de sus reflexiones, de su experiencia.

—Cuánto hemos pasado, Carla… —continuó—. Si te digo que ojalá encuentres a alguien, entiéndeme, no me refiero a ese renuncia de su identidad que sufrían algunas mujeres en mi época. Tampoco a esa entrega total. Cuando te deseo el amor, me refiero a sentirlo. Pero para ello tienes que querer encontrarlo y hace meses que veo que te niegas a ello, Carlita, ¿quizá estás un poco desilusionada al respecto? El nieto de mi vecina Lupe parece un chico majo.

—¡Abuela! —exclamé. Aquel discurso no era más que para presentarme al nieto de la vecina. Realmente, Remedios era muy auténtica.

—Quizá podríais conoceros la próxima vez que vengas a casa, ¿no?

Pero me quedé pensativa, tal vez tuviera razón y yo me estaba privando de abrirme a alguien nuevo. Otra cita preparada, pero aún más sorprendente porque venía de mi abuela. A pesar de todo, me negaba a tener semejante encuentro con cualquier chico que buscaran Julia o Remedios.

Sin embargo, sus palabras calaron en mí y tuvieron un efecto positivo; de algún modo, abrieron una puerta en mi interior. Si me reafirmaba en encontrar el amor de una manera casual, sin forzar una cita a ciegas, descargarme alguna aplicación o ir de discotecas, tenía que estar dispuesta a toparme con esa casualidad. Abrir los ojos y dejarme llevar.

Mientras tanto, mi mente y parte de mi corazón seguían en el hospital, donde Mati continuaba ingresado, recibiendo sesiones de quimioterapia. Aún quedaban varios días hasta que saliera del aislamiento. Todas las mañanas llamaba a su madre para preguntar por su estado y ella me aseguraba que todo continuaba estable.

«Saldrá de esta. A las buenas personas no pueden pasarles cosas malas», me repetía una y otra vez. Aunque en el fondo sabía que no era cierto. Que la vida es injusta. Pero a veces es un gran consuelo sabernos a salvo. Gritar «¡CASA!» y sentir que no puede pasarnos nada.

Durante los meses que llevaba en Madrid había encontrado un lugar donde disfrutar de esa paz: en la cafetería del teatro Carrer. A escasos minutos de mi casa, era un lugar pequeño pero con muy buena programación. A la derecha había una entrañable cafetería que era de los dueños del teatro, llena de estanterías con libros, donde servían un café delicioso hecho con máquina italiana. Lo que más me gustaba del lugar es que la mayoría de clientes iban solos, por lo que normalmente había un silencio muy placentero. Además, solían poner música estadounidense de los años cuarenta y cincuenta: Etta James, Billie Holiday, Ella Fitzgerald..., lo que lo convertía en un sitio más agradable aún. Tenía unos escasos cincuenta metros cuadrados, mucha decoración de las escenografías de las obras del teatro, una cristalera enorme que daba a la calle y numerosas lámparas repartidas aquí y allá. En una pared había algunas manchas que algún pintor había arreglado dándoles forma con un rotulador negro. Por ejemplo, una de ellas, cerca del baño, debía de haber sido una mancha de humedad que el dibujante había perfilado como un globo terráqueo.

Era un lugar donde sentirte acogida. Uno de aquellos días de tanta incertidumbre por las sesiones de Mati y las conversaciones tan intensas sobre el amor con Julia y mi abuela, decidí acercarme a la cafetería para pasar la tarde delante de un rico café y un buen libro. Tenía un horario bastante flexible y nunca se sabía el día ni la hora que cerraban. Al entrar supuse que acababan de abrir. No había más que la camarera y un chico que hablaba con ella en la barra. Todas las mesas estaban vacías, podía elegir el mejor sitio. Pero, incapaz de remediarlo, me senté a una de las mesas más cercanas a la barra. En cuanto había entrado, algo en ellos había despertado mi curiosidad. Tantas horas tocando en el metro me habían convertido en una especie de espectadora de todas las vidas que pasaban por los andenes días tras día.

Aunque no podía oír del todo su conversación porque hablaban en un volumen bastante bajo, antes de que la camarera se acercase para tomarme nota ya me había enterado de que habían sido pareja y de que todo el tiempo que llevaban separados a él se le había hecho más duro que a ella. En pocas rupturas se reparten las cosas a partes iguales. Hasta el dolor se queda más en el tejado de uno que del otro. Mientras la camarera preparaba con bruscas maneras el exquisito café en la máquina italiana, el chico estuvo observando en silencio cada uno de sus movimientos. Era una chica morena muy atractiva, con los ojos tristes pero con mucha fuerza, que quizá no estuviera en su mejor momento. Además en la barra tenía un libro de teatro, tal vez a veces repasaba el guión. Imaginé que igual era actriz y había acabado trabajando para el bar del teatro, aunque su vocación estaba encima de un escenario. Ella le repetía al chico que tenía que trabajar, pero él contestaba que solo tenía una clienta. De alguna manera yo estaba formando parte de la escena, de su historia. Enseguida me sirvió el café y volvió detrás de la barra. Saqué mi libro y empecé a hojearlo para disimular. Era como si estuviese en una de esas obras que representaban allí mismo. Cuánta tristeza en los ojos de aquel chico. Él le recordaba lo felices que habían sido, sus palabras me llegaban en un susurro: «Fuimos eternos, yo no puedo olvidarme de ti. Cada vez que llueve, recuerdo tus ganas de quedarte en el sofá. Cada vez que sale el sol, tu ropa de verano. El otro día me encontré con una amiga tuya de la universidad y me vinieron a la mente todas las tardes en que te miraba mientras tú estudiabas». A ella se le escapó una lágrima, que se enjugó disimuladamente.

La voz del chico vibraba de pasión, se intensificaba

cuando hacía referencia a los recuerdos o le preguntaba si ella había podido seguir con su vida, y enfatizaba que la situación que estaban viviendo ambos no podía ser real. Señalaba sus errores y perdonaba los de ella. Tenía ganas de decirle a la camarera que lo intentaran de nuevo. Pero me contuve. A ella se la veía dolida, y yo, en realidad, no conocía la historia de aquella pareja y no podía opinar. Cada vez más apagado, el chico guardaba silencio esperando algo que nunca llegaría. Le hacía preguntas que ella contestaba con desgana e intentando zanjar la conversación. Reconocí la incomodidad de la chica, probablemente estaba viviendo una situación que no había elegido, estaba trabajando y él sabía dónde encontrarla. Después, tras una pausa, ella le preguntó si tenía algo más que decirle, como si no hubiesen bastado todas sus palabras. Como si ella no lo hubiese escuchado.

Me levanté para pedirle un vaso de agua y el chico me acercó la jarra que había en una esquina de la barra. Sin quererlo, yo había vuelto a incorporarme a la escena. Cuando me senté a mi mesa, la chica sentenció la discusión.

—¿Sabes qué pasa? Que nunca volveré a confiar en ti. Y te mentiría si te dijera que te he olvidado, pero sé que me harás daño. No quiero volver a pasar por lo que pasé contigo. Y por primera vez voy a pensar en mí; si no lo hiciera volvería contigo, pero sé que me estaría equivocando. La serenidad puede más que la incertidumbre de lo que pudo haber sido. Lo siento, tengo mucho trabajo. Por favor, márchate.

Sin decir nada, el chico recogió su chaqueta y abandonó la cafetería a paso ligero. El local estaba tan solitario que era evidente que me había dado cuenta de todo. Me acerqué al mostrador para pedir la cuenta y cuál fue mi sorpresa cuando la camarera se puso a hablarme del asunto.

—Perdona el espectáculo. A veces me cuesta no dejarme llevar, volvería con él. Pero me da mucho miedo que me haga daño.

—¿Por qué iba a suceder eso? —Ahora sí que había tomado yo cartas en el asunto.

—Ya me lo hizo una vez. Y me fastidia reconocerlo, pero no me olvido de todo lo bueno. No voy a encontrar a nadie como él, con lo bueno y lo malo. Hemos sido muy felices. No te lo imaginas.

—Bueno, a veces es importante dar una segunda oportunidad. ¿Sabes? Yo nunca me he enamorado, no puedo hablarte desde la experiencia. Pero sí puedo decirte lo que he sentido al veros, y ese chico te enciende. Te hace sentir, y eso es lo más importante. La vida son sensaciones.

—Sí, desde luego. Saca lo mejor y lo peor de mí. Es un cabrón al que mataría a besos si me asegurara que todo saldrá bien. Reflexionaré, o mejor, lo sentiré. A veces pienso demasiado y no me dejo llevar.

A cambio de aquella charla quedé invitada al café.

No sé qué pasaría con ellos después o si mis consejos la lanzaron a un precipicio. Solo sé que noté la necesidad de decirle lo que nadie era capaz de aconsejarle, porque me sentía fuera de la historia. Se notaba que quería que alguien le dijera que se lanzara al vacío. Una segunda oportunidad. Olvidar el miedo y los rencores. Quizá esos consejos me hubiesen venido bien a mí. También tenía miedo a que me hicieran daño, tal vez por eso no dejaba que nadie tocara mi corazón intacto.

18

Algo había ocurrido en el metro una mañana en que llovía mucho. La multitud se agolpaba en los andenes y la megafonía anunciaba la llegada del siguiente convoy veinte minutos más tarde. Dejé de cantar un momento para enterarme de lo sucedido: las inundaciones entre la línea 3 y la línea 5 demoraban la llegada del metro. Tras la noticia, muchas personas se desesperaron y salieron de la estación para coger otro medio de transporte; otras se quedaron a esperar pese a todo. Puesto que el problema que siempre tenía en el metro era la prisa de la gente y la poca atención, fue un momento idóneo para cantar. En el repertorio que llevaba aquella mañana me pareció adecuado y algo irónico interpretar el famoso bolero de Armando Manzanero *Esta tarde vi llover*. Por primera vez estaban los pasillos llenos de gente escuchando sin prisas, ¡menuda sensación! Algunos jóvenes se sentaron en los escalones a escucharme. La mayoría de los oyentes aplaudieron entre una canción y otra, y hubo silencio absoluto mientras cantaba, excepto por un chico que no dejaba de hablar por teléfono a voces, tal vez discutiendo o justificando su retraso a donde tuviera que ir esa mañana. Varias personas le mandaron callar. Cuanto más alzaba él la voz, más fuerte cantaba yo.

Se le veía al final del pasillo con un traje de chaqueta azul oscuro; en la mano derecha llevaba un maletín de piel marrón y con la izquierda sujetaba el cable del micrófono de los auriculares del manos libres. Se alejaba para poder discutir tranquilo, pero aun así rompía el silencio que se había creado. Sin embargo, la gente se quedó maravillada con mi voz. En algo más de veinte minutos de espera recaudé casi el equivalente a una semana. Cuando al rato llegó el metro y me dispuse a recoger las monedas y algún que otro billete, al final del pasillo vi al chico sentado en los escalones echando un vistazo al móvil. Me sorprendió que después de tanta desesperación por el retraso no hubiera cogido el ansiado metro. Se quedó todo tan vacío y el pase había sido tan rentable que decidí guardar mis cosas, ir a dejarlas a casa y acercarme al hospital a visitar a Mati muy temprano, pues por fin terminaban sus sesiones y podría entrar en su habitación. Cuando estaba cerrando la cremallera de la funda de la guitarra se me acercó el chico del traje.

—No te has guardado estos cinco euros. —Sacó un billete de su bolsillo y me lo tendió.

—No, gracias, no me has escuchado mientras cantaba, de hecho estabas molestándome bastante con tu bronca. Ni quiero ni necesito tu caridad.

—Te equivocas. Ha sido todo un guiño empezar con *Esta tarde vi llover* y un gran contraste seguir con *Angie* de los Rolling. Te pido disculpas, tenía una reunión muy importante en la oficina y empezaron sin mí. Ahora estarán convenciendo al nuevo inversor con el dosier que llevo un mes preparando.

—Genial. Me alegro por ti, pero aun así puedes guardarte tu dinero —contesté malhumorada.

—De acuerdo. Lo bueno de este desastre es que tengo la mañana libre y cinco euros que no vas a aceptarme, pero con los que me gustaría invitarte a un café.

Sentí que el corazón me daba un vuelco. Me había prometido dejarme llevar. Abrir la puerta a las casualidades. Pero ¿por qué con un hombre así? Parecía un empresario sin inquietudes más allá que la de su importante reunión. Era bastante moreno de piel, de ojos achinados y pelo corto. Tenía un poco de barba pero bien recortada. En su camisa se veían las iniciales V. A., y enseguida le comenté si eran por lo de «Voz Alta», lo que le arrancó una sonrisa. Se presentó como Víctor Aguirre, confesándome que su madre le había bordado varias camisas cuando había empezado a trabajar como empresario, pero que no le gustaba llevarlas. Trabajaba en una constructora y se dedicaba a buscar inversores para edificar recintos deportivos en

España y Latinoamérica. Después de diez minutos charlando por los pasillos, me dio la impresión de que le gustaba hablar demasiado de sí mismo, pero acepté su invitación a un café. Nunca lo había visto por los andenes, y eso que casi todos los días observaba las mismas caras y una nueva me hubiera llamado la atención. Entonces me dijo que solía acudir en coche al trabajo, pero que aquella mañana había tenido problemas con el motor y lo había llevado al taller. Venía desde bastante lejos y en mi estación solo hacía un transbordo para llegar a su oficina. Como no conocía nada el barrio, elegí yo un lugar donde tomarnos algo caliente en aquella mañana tan lluviosa.

De camino al bar fue bastante atento pero sin llegar a abrumar. Entre la guitarra, la mochila con las partituras y el atril no me quedaban manos para sujetar el paraguas, así que, sin parecer caballeroso pero siéndolo, me cubrió con el suyo para que no me mojara. Aquel detalle me llamó bastante la atención; cualquier otro chico se hubiese ofrecido a ayudarme con mis bultos, cosa que tal vez me hubiera ofendido, ya que si iba cada mañana a tocar al metro, obviamente era porque podía cargar con mis bártulos sola. Sin embargo, él seguía hablando conmigo sin dar importancia a su gesto y de un modo muy natural iba cediéndome el resguardo, dejando al descubierto, y por tanto que se empapara, su maletín al otro lado.

Cuando llegamos a la cafetería se quitó la chaqueta, se aflojó un poco la corbata y se arremangó. En mi barrio era extraño ver a un chico con traje y corbata. Lo consideraban el barrio bohemio de Madrid porque vivían muchos artistas de aspecto desaliñado o modernos hípsters con barbas y camisas extravagantes. Entre ellos, Víctor parecía que se había extraviado, más aún si supieran que había acabado en una cafetería tomándose un café con la chica que cantaba en el metro por las mañanas. Pero él, en cambio, no parecía darle ninguna importancia, así que si alguien estaba cayendo en los convencionalismos era yo. Sorprendentemente, estuvimos hablando de música casi todo el tiempo. Víctor había estudiado piano en el conservatorio durante ocho años, pero al empezar la carrera de Administración y Dirección de Empresas abandonó la música para dedicarse por entero a la universidad. Quién habría dicho unos minutos antes que teníamos algo muy importante en común, la música, que nos había hecho elegir en algún momento de nuestra vida, pero habíamos escogido los caminos opuestos. De todas formas fue muy agradable charlar con un apasionado de la música. Le gustaba el jazz, pero también el baloncesto y viajar. Aunque en un principio no lo pareciera, sabía escuchar. Me preguntó por mí y se refirió al oficio de cantante con mucho respeto.

—Qué valiente, yo nunca tuve valor de tomar el camino difícil.

Aunque estuvimos hablando más de una hora, parecía que llevásemos cinco minutos sentados en aquella cafetería.

—Me gustaría volver a verte —musitó con cierta timidez—, y sé que será difícil encontrarnos por casualidad a no ser que mañana vaya adrede a la estación de metro donde te he encontrado. Sé que si ahora mismo me fuera sin pedirte un número de teléfono, esta noche me arrepentiría. Ya ha hecho bastante el azar por este encuentro estropeándome el coche y a su vez inundando las vías del metro, ¿no crees?

En aquel momento me vinieron a la cabeza las palabras de Mati: había que dejarse llevar para encontrar el amor. «Nadie planea enamorarse», me había dicho mi mejor amigo hacía tan solo unos días. Así que saqué de la funda de la guitarra un bolígrafo y le anoté mi número en un servilleta, dejándole subrayado el «Gracias por su visita».

Nos despedimos sabiendo que nos volveríamos a ver. Experimenté esa sensación que te recorre el cuerpo cuando le dices adiós a alguien con quien seguirías pasando la tarde. Víctor cogió un taxi para ir a su empresa y yo me encaminé de nuevo al metro para ir a visitar a Mati en el hospital. Estaba deseando entrar en su habitación y que esta vez, cuando me preguntara si había conocido a alguien, poder contestarle que sí. Me sentía eufórica y quería compartirlo con él. Sus consejos y tantas conversaciones teorizando sobre el amor me habían servido como empujón para aceptar la propuesta de Víctor de tomar un café. ¡Estaba ansiosa por llegar! Por explicarle todos los detalles, hasta el lunar que tenía cerca de la nariz.

De vuelta en el metro sonó el teléfono, pero llevaba tantos bártulos que no llegué a encontrarlo. Enseguida volvió a sonar y entonces lo busqué con detenimiento, pensando que si insistían tanto sería una llamada importante.

Todo se detuvo.

Hasta mi propio cuerpo se petrificó. La gente me esquivaba al salir por las puertas del metro, pues me había quedado inmóvil. Era la llamada que nunca quise imaginar. La voz de la madre de Mati me pedía que acudiera rápido, que todo se había complicado.

Corrí por el pasillo hasta el primer vagón para llegar cuanto antes. Los minutos se estiran cuando vas tarde, cuando tienes prisa. Se me hicieron eternas las tres últimas paradas. Entré por la puerta principal del hospital, directa al ascensor para subir a la planta que me había indicado la madre de Mati. Un enfermero me preguntó adónde iba. La cabeza me daba vueltas. La quinta planta, el primer pasillo a la derecha y después a la izquierda. La habitación 527. Al acercarme sentí miedo. Retrasar el momento era muy cobarde, pero muy humano. No quería ser consciente de lo que ocurría, pero tenía que seguir adelante. Paso a paso, algo más lentamente, mirando cada número de habitación hasta girar a la izquierda. Al final del pasillo, estaba el padre de Mati frente a la puerta de la habitación; me miró y negó con la cabeza. Fui aproximándome a él mientras me derrumbaba por dentro. Me abrazó desconsolado, desplomándose sobre mí. La puerta estaba entreabierta; dentro el silencio era abrumador. Se había cerrado una puerta y nos habíamos quedado todos dentro de aquella habitación callados, guardando la paz que Mati transmitía.

Todo se había precipitado aquella mañana, en que la situación se había complicado, pues tenía las defensas muy bajas.

—Dejó su vida, pero nos enseñó a todos a vivir —me susurró su madre abrazándome, y le di la razón.

Durante su enfermedad nos enseñó lo importantes que eran las pequeñas cosas, a no abandonar el barco porque empezara a entrar agua, a seguir bailando como una hoja de arce al caer. De eso se trata, de seguir viviendo mientras estemos vivos. La madre de Mati no quería separarse de él, no soltaba su mano. No hacía faltar hablar, aquel silencio lo hacía por sí solo. Intenté que no se me escapara ni una lágrima, sabía que Mati no querría verme así. Antes de abandonar la habitación, me acerqué y le susurré en su oído: «Gracias. Hoy sí tenía algo que contarte».

Aquella preocupación suya porque yo no encontrara a nadie. Siempre estaba intranquilo por el tiempo que pasaba con él y no con los demás. Pero todos los ratos que pasé en su compañía me habían enseñado a no dejar pasar la oportunidad de esa mañana.

Me despedí de sus padres y me alejé de la habitación. Como quien deja atrás un castillo de arena en la playa sabiendo que el agua lo destruirá en poco tiempo. Cuando estaba cerca del ascensor oí que la madre de Mati me llamaba. Fui a su encuentro. Ella sacó de su bolso un sobre.

—Espera, Carla. Mati me dijo que te diera esto si algún día le pasaba algo. Toma.

Lo guardé en la funda de la guitarra para abrirlo con calma. Cuando llegara a casa encontraría el momento adecuado; pondría música, descorcharía una botella de vino y abriría aquel sobre, respecto a cuyo contenido no tenía ni idea.

Una vez fuera del hospital, me vinieron a la mente los numerosos recuerdos que nos habíamos regalado en el poco tiempo pasado desde nuestro reencuentro. Si de algo se había ocupado Mati era de enseñarnos que la vida puede terminarse en cualquier momento. Y no solo la suya, sino la de todos. Nunca antes un final me había revelado tanto como la pérdida de Mati. Fui consciente de que había llegado a un punto y aparte al dejar atrás aquel hospital donde ya nadie me esperaba. Además, durante su enfermedad, cuando fantaseábamos con nuestra muerte para quitarle hierro al asunto (tanto con la suya como con la mía), mi amigo siempre decía que no quería un funeral, que no se imaginaba una misa o una reunión con un velatorio por su alma. «Cuando me vaya, recordadme. Será la mejor forma de decirme adiós. Y no quiero flores en mi tumba, sino en vuestras casas. De verdad, Carla, yo nunca me iré si tú te acuerdas de mí.»

Aunque estaba lejos de casa, me apeteció pasear hasta el barrio. La lluvia había dado una tregua y el aire era límpido. Cerré los ojos unos segundos para sentir mi respiración. Olía a tierra mojada. Lo que más me gusta de la lluvia es lo que deja cuando cesa: el olor, los charcos, el aire limpio, el arco iris... Me pasaba con muchas cosas, aquello solo era un reflejo más de mi manera de sentir las cosas. Estamos tan expuestos constantemente a miles de estímulos, que yo daba más importancia a la estela que dejan tras de sí. Y Mati me había dejado mucho.

19

Madrid, 8 de noviembre

Querida Carla:

Si estás leyendo esto es que ha pasado lo que sabíamos que podía suceder. Te escribo desde la cama, has venido a casa a visitarme. Hemos desayunado en la cama unas ricas tostadas y café que nos ha traído mi madre. Hemos hablado, como siempre, sobre el éxito y el amor. Y acabas de irte y tu silueta se ha quedado marcada en el sillón. Y también se ha quedado el olor de tus manos al acercarme la libreta en la que te escribo.

¿Sabes? Me encanta cómo te recoges el pelo con las manos y te lo pasas por el hombro izquierdo dejando al descubierto el cuello. Has dejado tu olor en la colcha cuando has venido a despedirte, y me has dado un abrazo y un beso en la frente.

No sé cuánto tiempo pasará desde que escribo esta carta hasta el día en que la sostengas en tus manos. Pero siempre me guardaré tus mañanas.

Te querré siempre,

MATI

20

Sentada en el sofá de mi casa con una taza de café en la mano, leí las palabras de mi amigo. Cerré los ojos para revivir el primer encuentro en el metro. Sus cordones rojos lo ilustraban. Repasé su caligrafía; aún podía olerlo en aquella hoja de papel, no había pasado tanto tiempo desde que la escribió. Lo único que me apetecía ahora era dormir muchas horas seguidas y levantarme en un lugar donde no conociera a nadie.

En un mismo día había perdido a mi mejor amigo y había conocido a un tipo en el metro que me había despertado de un letargo sentimental. Quería dormir, dejar de pensar y que mi cuerpo asimilara los cambios.

A la mañana siguiente me despertaron las incesantes llamadas de Julia, que estaba preocupada por no haber recibido respuesta a sus mensajes desde el día anterior. Tenía tanto que contarle que le pedí que viniera a casa por la tarde; yo no quería salir. Estaban los bares que había visitado con Mati, la estación donde nos reencontramos… Una de las cosas más difíciles de las ausencias es reparar en que la misma silla donde antes había alguien ahora está vacía. Por eso hay gente que huye a otro lugar donde nada le recuerde que le falta algo. Pero yo quería conseguir volver a los sitios donde estuvimos juntos. No tenía que superar que se había ido, sino aprender a sobreponerme a ello. Y seguir viviendo como quería mi amigo. Pero era demasiado pronto.

Julia vino a casa. Mi amiga siempre estaba cerca cuando la necesitaba. No tardaba más de veinte minutos en aparecer en mi casa cuando requería su ayuda. Yo dejaba la puerta entreabierta y me sentaba en el sofá a esperar que ella subiera las interminables escaleras del antiguo edificio donde estaba mi piso compartido.

No hizo falta decirle nada; estaba tan acostumbrada a mis dramas que intuyó que había pasado algo grave. Se sentó a mi lado en el sofá y me habló bajito sin intención de consolarme, sino de que sintiera que estaba cerca. Se dio unos golpecitos en las rodillas como invitándome a que apoyara la cabeza en ellas, igual que aquella tarde mientras observaba caer las hojas del arce, y me animó a que le contara cosas sobre Mati. Mientras hablaba, Julia asentía con la cabeza y sonreía si lo hacía yo. Me acomodé donde pudiera verla mejor. Le contaba anécdotas del colegio, o el optimismo con que afrontó la enfermedad. Julia me pasaba la mano por el pelo haciendo remolinos y recorría con sus dedos mis brazos. En aquellas caricias yo sentía todo su cariño; qué importante es el contacto con las personas que quieres. Cuando estaba con ella, al igual que con Mati, sabía que no estaba sola en un mundo lleno de mierda. Aunque no sabía si iba por buen camino, con ellos era consciente de que lo hacía en buena compañía. Pero ahora me faltaba un compañero de viaje...

Mientras Julia preparaba algo para cenar revisé el teléfono con una leve esperanza de saber de Víctor. Me maldije por no haberme anotado su número, pues ahora todo estaba en sus manos. Comprobaba cada llamada perdida o mensaje por si tal vez no hubiera oído yo la notificación y había alguna señal de él. Entre tanto dolor una lucecita allá a lo lejos me llenaba de esperanza: quizá debía dar una oportunidad al amor. Pensaba en cómo se estructuran los sentimientos de una misma persona, que es capaz de llorar una ausencia y a la vez temblar por una presencia inminente. En lo apasionante que es estar vivos, como tantas veces mi amigo Mati me hizo ver. Quizá todo su afán porque conociera a alguien era para verme así: volviendo a casa repasando cada detalle vivido en un primer encuentro. Aunque aquel fatídico día yo no había tenido mucho tiempo para pensar todo eso.

Al día siguiente, ya un poco más serena, mientras Julia se inventaba algún plato con lo poco que yo tenía en el frigorífico, recordé su mirada tan profunda, los rizos algo desaliñados debido a la lluvia y la leve separación entre sus palas, cosa que lo volvía muy tierno. Porque lo era, aunque su aspecto fuera severo; detrás de aquel traje yo vi algo diferente que me hizo seguir pensando en él. ¿Cómo había cometido la torpeza de no anotarme su número?

Cuando apareció Julia en el salón no dudé en contárselo.

—¿Sabes? He conocido a alguien —dije con timidez pero ilusionada.

Después de unos días tan malos, volví a sonreír. Quizá solo por eso, por devolverme la sonrisa en aquel momento, era cierto que Víctor había sembrado algo en mí. Tenía que liberarme de los prejuicios e imaginarlo sin etiquetas sociales, sin esa chaqueta que lo situaba en un ámbito aparentemente tan diferente al mío. Dejar que mi corazón latiera.

Julia hizo a un lado la comida y me zarandeó mientras me preguntaba cómo se llamaba y dónde nos habíamos conocido, y rezaba por que fuera sindicalista.

Toda nuestra ilusión se evaporó cuando le conté el error de no haberme apuntado su número de teléfono. De inmediato se puso a buscar por todas sus redes a «Víctor Aguirre», pero no dimos con él. Luego se lanzó a teorizar acerca de las energías y de que aparecería si era el chico adecuado. Su método tan espiritual de ver las cosas aún conseguía calmarme.

Hablamos de las casualidades que te llevan a conocer a gente en un momento concreto. Quizá el metro me había reservado las mejores sorpresas.

—¿Crees en el destino? —le pregunté a Julia, pues sabía que tendría algo interesante que decir.

—¿Y qué es para ti, Carla? Porque a veces no es sino una manera más poética de nombrar al futuro. Yo creo en un hado como punto de llegada, no como una sucesión inevitable de acontecimientos de la que no podemos escapar. El destino impide la existencia del azar. Pero las casualidades a veces quizá hagan que nuestra cabeza vuele y nos lleven a pensar qué loco es todo. Sin embargo, ¿no resulta acaso más divertido?

Julia teorizaba con la mirada perdida y llena de esperanza, como si nadie la entendiera y pidiera al mundo que viera las cosas como ella. Aunque no había tenido mucha suerte con su anterior pareja, seguía creyendo en un amor libre y sumamente respetuoso.

—¿Qué te dolió más cuando lo dejaste con Miguel? —le pregunté.

—Que me volví cobarde. En una ruptura no duelen tanto los errores que se cometen como las secuelas que te dejan. Las mentiras se perdonan, las heridas son las que marcan. Y jamás podré amar como lo quise a él. Eso ha sido lo que más me ha dolido, que nunca he vuelto a ser la misma. Lo peor de perderlo no fue el dolor, ni las noches en vela, ni sus desplantes ni sentirme engañada.

Lo peor fue volver a conocerme cuando pasó el tiempo. Cuando ya no lloraba ni lo echaba de menos. Esos restos después del naufragio que no son capaces de sentir, ¿sabes? El amor es como un espejo donde la primera vez te ves invencible y entera. Y cuando te rompen el corazón, parten ese espejo en mil pedazos que podrás recomponer de nuevo, aunque ya nunca será igual. Pero todo es un ciclo y, de repente, aparece alguien en tu vida que te recuerda que puedes volver a estremecerte.

Julia hablaba como si tuviera ganas de buscar a Miguel y decirle: «Mira en lo que me he convertido. Soy fuerte». Pocas veces me había contado tan sinceramente lo que había podido sentir, y entendí muchas cosas sobre ella: su manera de afrontar las cosas, su lucha ante lo injusto. Pero hay conocimientos que solo se logran con la experiencia, y sin duda el amor está entre ellos. Y yo aún tenía mi corazón intacto.

Se había hecho de noche. La luz de una farola se filtraba por la persiana y proyectaba destellos en la pared del salón. No hacía falta mucho más para iluminar la sala: unas velas sobre la mesa y una antigua lámpara de mesilla con la pantalla de cristal verde creaban un ambiente acogedor.

Julia tenía una facilidad asombrosa para dormirse en cualquier postura y situación. Pocos minutos después de cenar y de que nos acomodáramos en el sofá cayó rendida. Yo tenía la suerte de que mis compañeras de piso trabajaban mucho y pasaban la mayor parte del día fuera o con sus parejas. Además, cuando estaban en casa solían meterse en sus habitaciones y no frecuentaba el salón. Me quedé unos minutos mirando dormir a mi amiga, me gustaba mucho verla en calma. Encendí un cigarrillo y cogí uno de los libros de poesía de una de mis compañeras de piso. Me encantaba abrir los libros por una página al azar y buscarle un sentido. Mientras ojeaba algunos versos del poeta Ángel González, recordé a Mati. El chico que, sin amarme nunca, había conseguido abrirme el corazón.

> *Cierro los ojos para ver más hondo,*
> *y siento*
> *que me apuñalan fría,*
> *justamente,*
> *con ese hierro viejo:*
> *la memoria.*

Supongo que la belleza me recordaría siempre a él. No estaría presente solo en los lugares que habíamos visitado juntos, sino en todos los lugares bellos que visitaría en el futuro y donde me hubiera gustado que estuviera a mi lado. Y no solamente en los libros que me recomendaba, sino en los versos que hubiera querido enseñarle. Vivir es como ir guardando capítulos en diferentes cajones. Unos están repletos de buenas sensaciones, otros se encuentran cerrados herméticamente y algunos aún se hallan vacíos. Algunos guardan un simple olor, otros un diálogo de una película o una canción. La memoria está repartida por cajones que el pensamiento visita sin razón aparente. Mientras leía y recordaba los ojos de Mati, fui anotando algunas frases en una libreta repleta de pensamientos. Tras esbozar unos versos, me retiré a mi cuarto para tocar la guitarra. Reinaba el silencio, y la paz que me daba saber a Julia cerca.

Una pieza de madera que recuerda la silueta de una mujer, unas cuerdas de nailon en cuya frialdad quedaba recogida la humedad de aquella habitación, algunas marcas como si fueran heridas. Aquella guitarra era mi fiel reflejo. La acariciaba como si estuviera cuidándome a mí misma, sacando de ella sonidos que rompían el silencio. Cuando empiezas a tocar la guitarra se te agrietan los dedos y la sensación en las yemas es molesta, pero con el tiempo se forma una dureza que hace que solo disfrutes de la música que suena. Supongo que la vida está llena de primeras veces en que sangras y te rompes, y luego poco a poco vas creando un escudo que te protege. La marcha de Mati había sido el primer golpe de guitarra, la primera lección de vida que me dejaba con la alegría llena de sombras. Pero había que seguir adelante, la música tenía que seguir sonando.

Cuántas veces me habían salvado las canciones...

Deslizaba los dedos por las cuerdas como si Mati estuviera sentado enfrente escuchándome, porque aquella noche seguía conmigo en cada nota. Y echarlo tanto de menos fue lo que me hizo crear por primera vez; hasta entonces solo había sido intérprete, pero en aquel momento necesitaba decir en voz alta lo que sentía. Para crear hay que ser muy valiente, porque estás sacando lo que llevas dentro a fin de compartirlo con los demás sin miedo a ser juzgado; porque te desnudas para que vean la cicatriz más oculta de tu cuerpo.

Su marcha me había llenado de valor. Y de fortaleza para expresar esos sentimientos angustiosos que pugnaban en mi interior, como en la elegía que compuso Miguel Hernández a la muerte de su amigo Federico García Lorca. Y a su vez Lorca escribió una por la de Ignacio Sánchez Mejías. Cuánta poesía, canciones, cuadros…, cuántas obras nacieron desde el más profundo dolor.

Con la voz temblorosa dejaba salir algunas palabras de mi garganta rota, mientras las lágrimas se deslizaban por mis mejillas y caían sobre la guitarra.

> *Tú, que me enseñaste a vivir,*
> *a mirar las alturas desde arriba.*
> *Tú, que me enseñaste a ser valiente,*
> *ahora me dejas este miedo a estar sin ti.*

21

Me quedé dormida con la guitarra entre los brazos, como quien se aferra a un consuelo. No quería ir a trabajar y decidí quedarme otra mañana en casa. A veces, permitirnos la tristeza es la mejor manera de encontrar la armonía.

Mi poco compromiso a largo plazo con los hombres me había hecho levantarme en alguna que otra cama desconocida, lo que sumado a la decena de viajes *low cost* que hicimos durante la carrera y en los que dormíamos en pensiones que eran auténticas madrigueras, me había creado una especie de síndrome por el cual había mañanas en que sufría una especie de extravío al despertar. Y buscaba angustiada la luz para ver algo que me ayudara a ubicarme.

Aquella mañana desperté un tanto confundida, con la guitarra metida bajo la colcha revuelta, un olor intenso a tabaco y la molesta sensación de haber dormido con la ropa del día anterior. Cogí el teléfono para iluminar el interruptor de la luz, pero al encender la pantalla me sorprendió un mensaje desde un número desconocido.

«¡Hola, Carla!

»Al ponerme de nuevo la chaqueta que llevaba el otro día, encontré la servilleta con tu número en uno de los bolsillos. Había estado buscándola en cada ángulo del maletín convencido de que se encontraba allí. Quería volver a verte y no sabía cómo contactar contigo. Tanto es así que estos dos días he regresado a la estación de metro donde nos vimos para ver si estabas.

»Creo que en esa estación había demasiado ruido y poca música. Faltaba algo. Si te apetece podríamos vernos esta noche. Sé de un lugar que te encantará. Un beso. Víctor.»

No me hizo falta luz. El mensaje de Víctor arrojaba toda la claridad que necesitaba para saber dónde estaba. Hacía días que no iba a tocar al metro y todo seguía su ritmo. Fuera todo continuaba igual, aunque yo me hubiera quedado sin una parte fundamental de mi ser. Pero me levanté con ganas de seguir adelante. De repente vi en la puerta del armario las fotos del zoo y el parque de atracciones en que aparecía Mati. Costaba desprenderse de los pensamientos dolorosos.

Mientras me desnudaba para darme una ducha noté el olor del café recién hecho que Julia habría preparado antes de marcharse a trabajar. Cogí una de las tantas camisetas que tenía en la cómoda y unos calcetines largos para el frío que me había regalado mi abuela unas Navidades. Me asomé por la puerta para comprobar si estaba sola. Reinaba el silencio. Fui a la cocina a servirme una taza de café, que aún estaba caliente en la cafetera. Cogí una de las más grandes que había en el armario, eché un poco de leche y dos cucharadas de azúcar. Una de las cosas que deseaba tener en aquella casa era un rincón, mi refugio, como el banco del merendero. Un sitio donde sentarme a beberme una taza de café o a fumarme un cigarrillo.

Uno de los primeros días en Madrid encontré una banqueta alta de madera en la puerta de una cafetería en reformas. Sin preguntar y sacando mis propias conclusiones, me convencí de que la banqueta ya había cumplido su función en aquel lugar y ahora quedaría muy bien en mi casa, delante de la ventana del salón por la que entraba un sol muy agradable. Así que ahora me senté en ella con mi café, a disfrutar de un maravilloso día nublado.

La primavera está sobrevalorada. Demasiados poemas y canciones la han convertido en la estación más considerada. Pero el mérito de que las flores florezcan en abril no es solo de la primavera, sino del frío del invierno que las prepara para ello. Los amantes se enardecen cuando llega esta estación al descubrir tanta piel olvidada debajo de los abrigos. Pero yo prefiero el frío y un día de lluvia. Me provoca más desnudar un cuerpo que llega helado de la calle y con ganas de meterse en la cama a escuchar el repiqueteo de la lluvia contra el cristal de la ventana.

Es contradictorio que lo que más me gusta del frío sea el calor que lo apacigua. Como aquella mañana, cuando estaba bajo un rayo de sol bebiendo mi café y sonriendo. Tenía que contestar a Víctor y no paraba de darle vueltas a cómo hacerlo, hasta que recordé lo que me había dicho Mati sobre dejarse llevar, sobre ser uno mismo. ¿Por qué él? ¿Por qué me había sacado Víctor de mi letargo con tan solamente un encuentro? Quería verlo, estaba deseando que me escribiera, ¿por qué no decírselo? En el amor, quedarse callado es llenarse los bolsillos de piedras. Hablar, gritar, gemir, cantar, susurrar… pero nunca quedarnos callados. Solo los cobardes no tienen nada que decir.

«Qué ganas de saber de ti, V. A. Todas las noches miraba el teléfono por si acaso, pero nada. He tenido unos días difíciles, pero me vendrá genial salir esta noche. ¿Nos vemos en la estación de metro sobre las ocho de la tarde? Besos.»

Recogí mis cosas y salí a tocar al metro como no hacía desde el día que conocí a Víctor, el día que perdí a Mati. Aquellos pasillos estaban impregnados de la presencia de ambos. Aquel día el pase de canciones se lo dediqué a Mati. Cerré los ojos y canté con el corazón en las manos y su recuerdo en la garganta. Quería terminar la canción que empecé para él y rendirle ese pequeño homenaje en el lugar donde volvimos a vernos. Tenía que hacerlo. Uno de sus sueños era que cantara ante miles de personas, y durante dos horas por el metro pasaban tantos viajeros que era lo más parecido a lo que mi amigo deseaba. Llevaba tanto tiempo yendo cada mañana a cantar que alguno de los viajeros me miraba con entusiasmo, parecía que me hubieran echado en falta. Sentí que formaba parte de algo, y cada vez estaba más segura de que aquel era mi lugar.

22

Pese a que me había pasado todo el camino de vuelta a casa repasando mentalmente la ropa que tenía en mi armario para poder elegir con seguridad el conjunto más acertado, desde los zapatos hasta los colores, cuando empecé a probarme los modelos me di cuenta de que si me arreglaba demasiado no sería yo misma. En aquella época solía vestir de una manera muy básica, con camisetas o jerséis lisos y vaqueros estrechos. Siempre me gustó llevar un pañuelo al cuello, que me diera cierta distinción. Además, me estilizaba el cuello y Julia decía que me hacía más elegante. No tenía muchos complejos, gracias a la genética no había visitado aún ningún gimnasio y con poco maquillaje ya parecía que fuera arreglada.

Pletórica, puse en el equipo de música un disco de salsa de Celia Cruz que me acompañaba en los mejores momentos. Todo en el fondo es cuestión de canciones, de estados de ánimos; es lo que tiene la música, que te acompaña en todos los momentos y con cada recuerdo. Por no hablar de la seducción que ejerce el disco como objeto, aunque se haya vuelto todo tan efímero con internet y las plataformas llenas de canciones. Qué disparate que ya no se vendan discos. La gente sigue entusiasmada por comprarse uno y llevar a cabo el apasionado ritual de quitarle el plástico, abrir un libreto lleno de canciones y olerlo como si fueran los libros nuevos del colegio. Buscamos algo que nos emocione y conmueva. Estamos ansiosos por sentir algo en las manos que no se acabará. Que suenen canciones que nos convenzan de algo, aunque sea mentira. En suma, tenemos que creer en las palabras ahora que nadie cree en nada. El amor mismo está lleno de canciones. Ya me lo advirtió un profesor de ciencias hace mucho: no debía dejar que lo extraordinario del progreso me hiciera perder la creencia en lo mundano. Y por eso sigo entera, porque la música me ha salvado de muchas caídas.

Pensando en todo ello, subí el volumen para oír mejor la maravillosa voz de Celia Cruz, a medida que iba creciendo mi entusiasmo.

Mientras recogía toda la ropa esparcida que había sacado del armario y me daba un baño largo la tarde fue pasando. Se acercaba la hora de volver a ver a Víctor y cada vez tenía más ganas. ¡Qué lento pasa el tiempo cuando queremos que transcurra rápido! Empecé a arreglarme cuando aún faltaba un buen rato para nuestra cita. Pantalón negro estrecho con blusa blanca y pañuelo rojo al cuello. Decidí salir a la calle a dar un paseo hasta que se hiciera la hora. Estaba nerviosa, incapaz de apaciguar el entusiasmo por volver a quedar con un chico después de tanto tiempo. Quizá lo que nos altere en este tipo de situaciones es que todas nuestras inseguridades se colocan en un primer plano.

Durante el paseo me pareció una buena idea llamar a mi abuela, pues seguro que calmaba mi inquietud, y además adoraba los cotilleos. A la abuela le costaba oír el teléfono, y lo tenía a un nivel de volumen que traspasaba su casa y llegaba a la de los vecinos. Acababa de volver de misa. La imaginaba arreglada y perfumada, con su cabello blanco recogido en un moño bajo, mientras su pequeña perrita Cati la recibía muy contenta dando vueltas sobre sí misma. Después de contarle la triste noticia de Mati (hasta entonces no le había dicho nada para no preocuparla), le expliqué mi encuentro con Víctor y le confesé mis miedos al vernos tan diferentes.

—¿Cómo fue la primera vez que viste al abuelo? Estarías nerviosa, ¿no?

Como siempre, mencionarle a su marido era la mejor forma de hacer hablar a mi abuela Remedios.

—¡Claro! ¡Ay! Eran otros tiempos. Tu abuelo era el hijo del zapatero del barrio, donde mis padres me mandaban a arreglar siempre las botas de todos los de casa. Nos vimos crecer. Aunque él nunca trabajó en la zapatería, por las tardes se sentaba detrás del mostrador a leer libros. Antoñito, el hijo del zapatero. Qué ojos tenía.

—¿Y quién dio el primer paso?

—Carla, ¡quién iba a ser! En aquella época era el hombre el que tenía que pedir permiso a los padres de la mujer para ir con ella a tomar un refresco. Pero lo nuestro no fue así. Una tarde calurosa de junio de 1946 volvía con mi madre de recoger las notas de la escuela y pasamos por la zapatería, porque habíamos llevado las botas para arreglarlas. El zapatero preguntó qué tal había ido el curso y mi madre, indiscreta, recalcó mi poco entusiasmo por la literatura y la llamada de atención del colegio. Entonces el zapatero dijo que su hijo Antoñito era un apasionado de las letras y que quizá durante el verano pudiera darme algunas clases de refuerzo.

En 1946 Albert Camus escribió *La peste*; la Asamblea General de la ONU condenó el régimen de Franco y prohibió el ingreso de España en la organización; Ho Chi Minh fue elegido primer ministro en Vietnam; se fundó la compañía Sony y se celebró la primera edición del Festival Internacional de Cine de Cannes. Nacieron Diane Keaton y los cantautores Silvio Rodríguez y Pablo Guerrero. Durante ese año se sucedieron los acontecimientos históricos. Fueron muchos y, sin embargo, el que marcó mi vida y que no recogió ningún libro de historia fue que Remedios recibió clases de literatura de Antoñito, el hijo del zapatero. Se enamoraron entre poemas y empezaron una vida juntos que hizo que años después yo pudiera estar nerviosa mientras esperaba que llegara la hora de una cita.

—Estate tranquila, Carla, sé tú misma. Muéstrale la pasión que sientes por la música, como tu abuelo hizo con los poemas. No hay nada más fascinante que ver a alguien desviviéndose por el arte y que además te haga partícipe de ello. Y olvida las diferencias, por Dios, ¿quién ha dicho que un clavel y una rosa no puedan estar en el mismo ramo?

Se acercaba la hora de ir al metro. Tanto tiempo esperando las ocho de la tarde y ahora ralentizaba mis pasos. Alcé la mirada, respiré hondo, con deleite, serenándome y abriendo todas las ventanas que llevaban cerradas tanto tiempo en mí. La parada estaba al final de la calle Sagasta, que estaba llena de bares con veladores y con muchos árboles. Con la lluvia y los días fríos las aceras se habían llenado de hojas y había algún charco. A pocos metros se veía el trasiego de gente en la boca del metro. A aquella distancia era imposible distinguir a Víctor entre la multitud.

A medida que me acercaba lo vi buscándome. Nuestras miradas se cruzaron. Sonreímos y él levantó la mano mientras venía a mi encuentro. Llevaba vaqueros ajustados y una parka caqui que le aislaba del frío y la llovizna. Se me aceleró el pulso cuando se acercó a darme dos besos. Me pasó un brazo por los hombros. Me sentí rara, pero no me incomodó.

—¿Estás preparada para lo que vamos a ver?

—Sí, claro, sorpréndeme. Dame alguna pista.

—Vives muy cerca de uno de los mejores garitos de jazz de Madrid. —Sacó dos entradas del bolsillo—. Y no puedes no ver el espectáculo de la banda que toca hoy. ¡Vas a alucinar!

En aquel momento, mientras apretaba el paso camino de la sala, vi la pasión de la que me hablaba mi abuela en los ojos de Víctor. Entramos y tomamos una caña en la barra. Cada vez estábamos más cerca; nuestros cuerpos hablaban de forma delicada y disimulada. Apoyé las manos en sus rodillas intentando encontrar un buen sitio para colocarnos, me rozó la cintura para dejar paso a uno de los camareros, le acaricié los dedos para rechazar sus monedas e invitarle yo a las cervezas, jugando con esos centímetros que separan a dos amigos de dos amantes. Estaba contándome cómo había conocido aquel bar, cuando uno de los acomodadores de la sala nos condujo a nuestros asientos. Era un local elegante, con espejos en las paredes y mesitas para dos o tres personas con una lámpara en el centro. En el escenario había un contrabajo, un piano, una batería y un saxo apoyado en una banqueta.

Antes de empezar el concierto nos repartieron unos folletos. «Tributo a John Coltrane», a uno de los músicos más relevantes e influyentes del jazz, de los mejores del siglo xx. Estaba atenta a cada instrumento del escenario. Repasaba cada detalle del lugar, muy expectante por escuchar en directo aquella banda. Pero sin duda las manos de Víctor apoyadas en la mesa captaban más mi atención que cualquier elemento de la sala. Quería observarlas, pero entre los nervios de estar cerca de él y las ganas de ver el concierto preferí mirar hacia delante.

Apagaron las luces y solo quedó la iluminación tenue de las pequeñas lámparas de cada mesa. Y la música empezó a sonar.

Comenzó el piano con melodías que estremecían cuando entró el contrabajo marcando el tiempo con cada nota, como si fueran latidos. Después la batería hizo que retumbaran los vasos de cada espectador y por último un afroamericano de unos cincuenta años cogió la trompeta y el público se puso a aplaudir.

Víctor me miraba con complicidad mientras su mano izquierda se dejaba llevar y simulaba tocar las teclas del piano encima de la mesa. La música, que solía captar toda mi atención, aquella noche competía con él. Me gustaba cómo bebía la cerveza, con delicadeza, saboreando cada sorbo y dejándose espuma en el labio superior, que después se relamía con la lengua. Cuando el público aplaudía se levantaba con sigilo a pedir otra ronda. Yo lo miraba en la barra, mientras charlaba con los camareros sobre el concierto y cogía los botellines a pesar de que el camarero insistía en traer las cervezas a nuestra mesa. Al llegar, brindó conmigo:

—Por la primera de muchas.

De repente alguien te descubre que en una calle por la que has pasado cientos de veces se encuentra tu nueva sala de conciertos favorita. Y te asombras acariciando un cuerpo que no es el tuyo. De eso se trata la vida, de estar dispuestos a dejarnos sorprender. Así con todo. Porque aunque haya más de siete mil millones de habitantes en el planeta, en nuestra vida las personas empiezan a existir cuando comienzas a quererlas. Cuando sabes a qué huelen o cómo es su acento. Y fue justo en ese momento cuando se convirtió en el protagonista de mi historia.

Cuando terminó el concierto nos fumamos un cigarrillo a la entrada del local, resguardados del frío. Apenas nos había dado tiempo a conocernos más, ya que habíamos estado en silencio escuchando a los músicos.

—¿Ha sido increíble, verdad?

—¡Sí! Qué emoción escuchar temas del disco *A Love Supreme* en directo. Es uno de mis álbumes favoritos de jazz —exclamé entusiasmada.

—¿Sí? Pues te aseguro que yo aún me he emocionado más... Además, escucho a John Coltrane desde pequeño. Una de las mayores herencias que he recibido ha sido la cultura musical.

—Qué suerte, en mi casa escuchaban a Julio Iglesias y Paloma San Basilio. —Y me puse a cantar *Soy un tru-*

hán, soy un señor. Nos reímos—. Además, mi madre no lleva muy bien que me dedique a la música.

—¿No? Deberían estar orgullosos. En mi caso es al contrario. Cuando dejé el conservatorio me llevé algún sermón de mis padres. Pero siempre respetaron el camino que elegí porque es el que me hacía feliz. —Se quedó en silencio unos segundos y se acercó un poco más—. Supongo que es lo importante, ¿no?, escoger lo que uno ama, y no tener miedo a lanzarse a por ello.

—Sí, aunque seamos tan diferentes...

Víctor se sonrojó. Y no fui capaz de darle un beso. Casi había olvidado cómo había que insinuarse sin ser directa. Mi último contacto con un hombre había sido hacía más de un año y fue un polvo con un camarero que conocí esa misma noche. Tenía que recuperar la suavidad de la lentitud, los gestos precisos, no quería solo una noche, así que mejor no pedirle que subiera a mi casa. Habíamos pasado una noche agradable y divertida, y para alejarme de aquellas historias frívolas de una noche que no tenían sentido lo mejor era no comenzarlas de la misma manera. Me acompañó hasta mi casa sin más intención que la de seguir hablando. Al llegar al portal sacó un cigarrillo para alargar la velada al menos diez minutos más. Lo apuramos hasta quemarnos los dedos. Me hubiera acabado la cajetilla entera.

Pero no iba a huir.

Esta vez no.

No iba a cerrar la puerta y a dejarlo fuera.

—Es tarde, voy a pillar un taxi en la plaza. Además, mañana tengo el cumpleaños de mi hermana y hay comida familiar. Nos vemos pronto, ¿no?

—Me toca a mí sorprenderte la próxima vez. Me lo he pasado genial. Lo necesitaba.

Lo que hacía unas horas habían sido dos besos cordiales se convirtió en un abrazo mudo pero lleno de palabras. Y es que hay veces que estas sobran tanto que preferí quedarme callada, abrir el portón y subir sola a casa.

23

«Adiós, femme fatale», me dije. Me había despertado sin resaca, con las bragas en su sitio y con un mensaje de buenos días en el teléfono. Era lo más parecido a una relación estable que había tenido hasta el momento. Me burlé de mí misma.

Los sábados eran un buen día para salir a comer con Julia y Mario. Nos sentábamos en cualquier terraza donde hubiera un rayito de sol y vaciábamos quintos de cervezas hasta que parecía que era la mesa de una comunión. Ellos solían llegar tarde, pero acabé por encontrarle encanto a esos minutos de espera en los que me tomaba un vermut a solas. Sabía cuándo se acercaban porque Mario siempre hacía reír a carcajadas a Julia con algunas de sus historias.

Al llegar Mario me dio un fuerte abrazo, por lo de Mati. Julia me preguntó si tenía noticias de Víctor. Les conté la historia del club de jazz y la adornaron con sus comentarios. Mario era un romántico, capaz de convertir el sexo esporádico en una experiencia intelectual. Quería a las chicas para siempre, hasta el día siguiente. Julia, en cambio, aunque tuviera pareja daba menos importancia a las relaciones, sabía que podía ser feliz sola, pero la vida le había colocado una piedra preciosa en el camino, que la acompañaba dejándole mucha libertad.

Mientras hablaban de un caso que tenía que defender Julia en el sindicato, oí una carcajada de un chico que estaba sentado en la terraza que me recordó a la de Mati. Me quedé absorta recordando nuestras tardes teorizando sobre tantos temas en cualquier bar.

Solo el amor me salvaba del dolor por la pérdida de mi amigo. El daño de una marcha forzada. No habría sido lo mismo si Mati hubiera tenido que irse a miles de kilómetros y no hubiera podido verlo más. Y tampoco si hubiésemos discutido y la relación se hubiera roto. Cuánta diferencia hay entre las ausencias que dejan hueco y las que dejan espacio. En este caso era irremplazable todo el vacío que me había dejado. Pero el amor en todas sus formas me hacía sentirme mejor. Cuando pierdes a alguien te consuelan cosas tan cotidianas como una muestra de cariño entre una abuela y su nieto, los buenos días del quiosquero o que tus amigos intenten hacerte reír. Porque te das cuenta de que no estás sola, aunque te falte una parte de ti.

Se dieron cuenta de que estaba ausente y decidieron cambiar de bar, irnos a otro barrio cercano pero que no me recordara lugares donde había estado antes.

—¿Cómo te va en el metro? —me preguntó Mario.

Por mucho tiempo que hubiera pasado desde el primer día, él sentía una responsabilidad más allá que la de un amigo cualquiera por mi trabajo en el metro, pues había sido él quien me había animado a tomar la decisión.

—Me encanta mi trabajo. Además, el metro me ha aportado tantas cosas buenas que cada vez estoy más segura de que tomé el camino correcto.

—Tenemos que quedar más para intercambiar canciones. Hace poco incorporé *Estadio Azteca* de Andrés Calamaro. Tienes que escucharla. —Sacó su teléfono y empezó a enseñarme una lista con varios temas que había aprendido con la guitarra.

Cuando Mario y yo nos poníamos a hablar de música parecía que no pasaba el tiempo. Enlazábamos una canción con otra, un cantante con otro… hasta que Julia nos sacó del bucle.

—Chicos, ¡parad!

—Vale, venga, vamos a pedirnos otra ronda —propuse.

—Además, mi chico está de camino. Tengo ganas de que lo conozcáis.

Que Julia presentara a su novio era algo insólito. Sergi era un chico encantador que llegó con unas amigas.

Unos y otros nos animamos a salir de copas. Cuando cerraron el bar, encontramos un local abierto con buena música y decidimos acabar la noche allí.

El sitio era oscuro y luces de todos los colores alumbraban una pista de baile improvisada de unos escasos veinte metros. Nos colocamos en un rincón cerca de la barra, donde pudimos dejar los abrigos y acercarnos a pedir la consumición que daban con la entrada. La música que sonaba era variada, desde Héroes del Silencio hasta The Kooks. Parecía que iba a ser una noche divertida.

A Julia y a mí nos encantaba precipitarnos a la pista cuando sonaba alguna canción que nos sabíamos. Y el momento llegó cuando sonaron los primeros acordes de *La chica de ayer* de Nacha Pop. Me cogió de la mano y empezamos a saltar y a cantar. Esos momentos de evasión en que el alcohol surte efecto, suena una canción que te sabes y tienes a alguien con quien gritarla mientras das saltos me había enseñado a disfrutarlos Julia. Cuando terminó el tema, sonó una canción lenta y apareció Sergi, así que decidí que era un buen momento para ir al baño. De camino, vi a Mario intentando coquetear con una de las amigas de Sergi. El local era tan pequeño que se accedía a los servicios por unas escaleras muy estrechas por las que solo podía subir o bajar una persona. Iba mirando bien cada escalón cuando me topé con un chico que subía.

Estaba muy oscuro, yo llevaba unas copas de más y encima jamás imaginé que Víctor pudiera estar en un lugar así, de modo que cuando lo tuve delante no daba crédito. Retrocedió unos cuantos escalones hasta la puerta del baño, esperando a que bajara. Volvimos a saludarnos como nos despedimos el día anterior, con ganas de quedarnos juntos. Estaba celebrando el cumpleaños de su hermana mayor con algunos amigos.

—Te espero y te la presento. ¡Le encantará conocerte!

La puerta de los baños es uno de los lugares más incómodos donde saludar a alguien que te gusta: la línea que separa que entres sola o acompañada es muy delgada. Víctor me esperó mientras yo me retocaba el pelo y me pintaba los labios. De alguna manera quería estar lo más presentable para su hermana, aunque a esas horas era algo difícil.

Me dejó subir delante.

—¿Me has cedido el paso por caballerosidad o para poder mirarme el culo mientras subimos?

—Espero que no tengas dudas.

Aún no lo conocía tanto para saber sus intenciones, pero por su tono quise pensar que tenía más ganas de mí que modales antiguos.

Cuando llegamos arriba me cogió de la mano para no perderme entre el bullicio y encontrar al grupo de su hermana.

—Lola, quería presentarte a Carla —dijo al oído de su hermana alzando la voz, pues había mucho ruido.

—¡Carla! ¡Encantada! Víctor me ha hablado mucho de ti. —Me abrazó con fuerza sin dejar de bailar—. Te presento a mi pareja, Ana.

—¡Encantada! Por cierto, ¡felicidades!

Lola era una chica alta de pelo largo rizado, muy alegre y que contagiaba buen rollo. Víctor me puso al día y me contó que llevaba cerca de un año casada con Ana, y que ambas eran maestras en un colegio a las afueras de la ciudad. Me explicó que Lola era como su mejor amiga. Se veían todas las semanas para comer, ir al cine o simplemente tomar un café. Una de las discusiones que tenían era la vida tan formal y tediosa que había adoptado Víctor. Nos acercamos a la barra para pedir la última copa y poder hablar con más calma lejos del estruendo de la música. Localicé a Julia con su novio y a Mario sentado en uno de los sofás con la chica que más le gustaba. No era momento para interrumpirles y presentarles a Víctor.

Mientras esperábamos a que nos atendieran en la barra, empezamos a acercarnos más y más. Había tanta gente en el bar que era imposible estar a más de cinco centímetros de distancia, y cada vez que decíamos algo teníamos que hacerlo al oído. Víctor tenía la voz grave, de las que si te hablan cerca te intimidan. Sonaba *Creep* de Radiohead cuando de repente nos callamos y me acerqué aún más, hasta que nos besamos. Por un momento me pareció que había más espacio o quizá me sobraba todo el mundo. Víctor volvió a acercarse a mi oído y rodeándome con sus brazos me propuso tomar la última copa en su casa.

24

Dejamos a todos los demás en el bar y salimos como si nos faltara el aire. Le empujé hacia el portal de enfrente del local y me agarró de la cintura tan fuerte que oí crujir mis vaqueros. Me besaba con la misma pasión que hablaba de los discos de jazz, me acariciaba con suavidad pero con las manos ardiendo, como si fueran las teclas del último piano que iba a hacer sonar. Mientras yo jugaba con su cinturón me desabrochó los primeros botones de la blusa.

—Carla, nos van a detener por escándalo público —me susurró al oído con la voz quebrada.

—Pues espero que nos metan en el mismo calabozo.

—Vamos a buscar un taxi, vayamos a mi casa y haz conmigo lo que quieras.

Después de tantos años de frío, sus besos me dejaban el corazón empañado.

Nos parábamos a cada paso. Me levantaba el pelo

para decirme cosas al oído que me encendieran. Éramos como dos adolescentes en un parque, con la sensación de estar solos en pleno centro de Madrid un sábado por la noche. Paró el primer taxi que vimos y le indicó la calle Princesa, número 8. El taxista, preocupado por los días tan helados que estaban haciendo, nos preguntó si la temperatura del coche era adecuada. Nos echamos a reír porque la nuestra estaba a punto de ebullición. Mientras en la radio hablaban de la bajada de la tasa de paro y de las fuertes lluvias en la Comunidad de Madrid, Víctor me murmuraba que tenía ganas de verme desnuda, y a mí me asombraba que alguien que parecía tan serio pudiera ser tan descarado en la intimidad, pero me encantaba esa faceta. El taxista nos miraba por el retrovisor con asombro y algo de desagrado. Cuando estábamos cerca, Víctor le dio unas indicaciones hasta que llegamos a su portal. Era un edificio clásico con una puerta enorme de madera. En el vestíbulo un espejo ocupaba toda la pared y había unos maceteros con plantas artificiales. Subimos unos escalones, nos metimos en el ascensor y pulsó el botón de la última planta. Seguimos besándonos, con un poco más de lentitud, pero no con menos pasión.

Cuando por fin pudo abrir la puerta, porque no atinaba conmigo a su espalda colando mis manos por su pantalón, encendió las luces. Era una casa preciosa.

—¿Quieres una copa?

—¿Tienes vino?

—Claro, alguna botella habrá en la cocina.

Me dejó a solas en el salón. Seguramente estaría descorchando un buen vino que yo no iba saber apreciar. Sin duda pertenecíamos a dos mundos diferentes. El salón tenía techos altos con vigas de madera, muchos cuadros y un piano negro de pared. Al lado del sofá, por unas puertas de cristal se veía una terraza llena de plantas con una mesa de madera. Menos mal que yo no había decidido que fuéramos a mi casa. Llegó al salón con dos copas de vino tinto y se acercó al equipo de música para poner un disco. Joder, era un tipo realmente alucinante.

No había ni probado la copa y ya estábamos tumbados en el sofá. Empezamos a desnudarnos. Todo fluía de una manera muy natural, como si no fuera la primera vez. Me olvidé de las estrías del pecho, me despreocupé si le gustaría mi manera de moverme, ni tan siquiera pensé en que no era el mejor día para haber elegido unos calcetines de Mickey Mouse. No tenía importancia nada que no fuera su cuerpo contra el mío, la entrega al deseo desde el más puro afán de hacernos disfrutar el uno al otro. Cuando se quitó la camiseta repasé con los dedos su cuerpo desnudo, como si lo estuviera dibujando. Acaricié la cicatriz en su costado, los lunares repartidos por el pecho y las palabras *A Love Supreme* tatuadas en el brazo. El hombre que menos encajaba con mi forma de vida llevaba el nombre de uno de los discos de Coltrane grabado para siempre. ¡Y yo, acostumbrada a chicos de horribles tatuajes tribales y calaveras a la espalda!

Me levantó los brazos y me llevó en volandas pegada contra él hacia su dormitorio. Nos entregamos con la excitación de algo pasajero y también como si fuera el amor de toda una vida. Abrí los ojos para mirarlo bien, porque no quería olvidarme de su cara a la mañana siguiente, como había hecho con otros.

Exhaustos en la cama, lo abracé hasta que nos quedamos dormidos. Encajados como la última pieza de un puzle, y en silencio, como los últimos segundos de una canción que te pone la piel de gallina.

25

Nos despertó una llamada en su teléfono. Me besó y me pidió disculpas por levantarse a cogerlo. Lo oía hablar con su hermana al fondo del pasillo: «Ya, ya... después hablamos. Besos, yo también te quiero». Volvió a la cama y se arropó con las sábanas.

—Perdona, ayer desaparecimos del bar y mi hermana estaba preocupada. O más bien quería saber si habíamos pasado la noche juntos, pero lo ha disimulado así. —Me guiñó un ojo.

—Me resultó muy simpática, no parecéis hermanos —dije riendo.

—Te llevarías muy bien con ella. Sois muy parecidas, pasionales y valientes.

—¿Sí? ¿Por qué? —Me gustaba escucharlo.

—Cuando empezó a salir con Ana hubo muchos problemas en el colegio, ya te imaginarás. Está en un barrio muy conservador donde por lo visto aún no respetan ciertas orientaciones. Tuvieron algunas reuniones con ellas para que no manifestasen en público su cariño y no impresionaran a los alumnos. ¿Impresionar? Como si los niños fueran a tener un trauma por ver a dos mujeres besándose o cogidas de la mano. Fueron momentos duros porque se sentían juzgadas por quererse, cuando en el colegio había un matrimonio heterosexual y no ocultaba sus sentimientos.

Mientras Víctor hablaba, yo iba repasando sus labios con la mirada, desconectaba por unos segundos y volvía a prestarle atención.

—Se mantuvieron firmes, hablaron con algunos directivos del colegio y les dijeron que dentro del centro se comportarían como maestras; de hecho, aunque hubieran estado casadas con un hombre no se habrían besado con él, pues estaban trabajando. Pero que nadie podía decirles cómo actuar en horarios o ámbitos que no fueran los del trabajo. En los escritorios de sus respectivos despachos tienen una foto de ambas juntas, igual que el director puede tenerla de sus hijos. Todos los días van de la mano hasta la puerta del colegio y a la salida se besan y vuelven a casa juntas. Es una mujer valiente, sí, como tú. —Terminó besándome en los labios—. Bueno, basta de hablar de otra cosa que no seamos tú y yo. Si quieres, ya tendremos tiempo para contarnos la vida.

Me había despertado a su lado, en una casa preciosa, después de una noche maravillosa y además me daba los buenos días llamándome «valiente». Aún no le había hablado de Mati, pero mi mejor amigo siempre me decía que era la mujer más valiente y con más miedos que había conocido. «Porque ser valiente no significa no tener miedo, Carla.» De repente, al recordarlo, mis ojos se empañaron, pero no dejaron caer ninguna lágrima. Víctor lo notó.

—Sé que llevas algo dentro que te hace estar triste, pero no quise preguntarte —confesó con un tono como de disculpa—. Los días siguientes a nuestro encuentro fui al metro y no te encontré, me imaginé que algo no iba bien...

Puso la mano encima de mi pecho con suma delicadeza, sentí su calor traspasar la camiseta que me había dejado al despertarse.

—Mi mejor amigo acaba de morir.

Guardó silencio. Y yo rompí a llorar.

—¿Qué puedo hacer por ti? Dime, vamos a dar un paseo o a desayunar. O nos podemos quedar en la cama y ver una película, eliges tú. ¿O te abrazo? Y mejor me callo. Pero no llores. O sí, llora. No sé. —Se quedó callado mientras, nervioso, me abrazaba durante unos minutos. Cuando me notó más calmada, se levantó.

Me quedé en la cama, enredada entre las sábanas y enjugándome las lágrimas que me caían por la mejilla cuando escuché una música procedente del salón.

Allí estaba él, tocando en el piano la obra *Gymnopédie* núm. 1 de Erik Satie con las partituras en el atril. El sol entraba por la cristalera de la terraza. Lo observé sentada en el sofá. Con la espalda erguida, leía las notas y las interpretaba con calma. Cerré los ojos y dejé a un lado la tristeza mientras lo escuchaba tocar. La obra poco a poco fue terminando y él fue ralentizando el ritmo hasta que pulsó la última tecla final.

—¿Mejor? —Se volvió en el taburete y me miró.

Entre todos los planes que había pensado para animarme, no mencionó el que sin duda había calmado más mi dolor.

—¿Sabes? Llevaba cerca de un año sin abrir el piano.

En aquel momento algo más nos unió. Él apaciguó mi tristeza, y yo le hice volver a tocar el piano. Me confesó que durante los años de solfeo no disfrutó tanto de la música como lo hizo después.

—Tras salir del conservatorio, he tocado pocas veces, pero sin duda han sido las que más me han salvado. Y hoy, además, he conseguido que dejaras de llorar.

Acariciaba con ternura las teclas del piano, como si se hubiera reencontrado con un viejo amigo.

—Pocas personas me han oído tocar, y no nos conocemos tanto para haberte otorgado este privilegio —afirmó en tono risueño—. Dime al menos cuál es tu color favorito o qué tipo de cine te gusta.

—De los colores, me quedo con el blanco. Aunque siempre que nos preguntan esto pensamos en el color que más vestimos, para mí el blanco es origen.

—Sí, los colores son fundamentales en el feng shui.

A veces Víctor me sorprendía con aires algo místicos, pero era demasiado pronto para sacar a la luz mi poca creencia en el reiki, el feng shui, el karma y todas esas cosas que parecían sacadas de un diccionario chino.

—Y sobre las películas podría decirte que desde hace poco me he aficionado al cine español, pero no hay nada como una buena americanada de ciencia ficción o fantasía —añadí.

—Uf, elfos encerrados en una casa aprendiendo trucos de magia y todo eso, ¿no?

—Creo que has mezclado *El señor de los anillos* con *Harry Potter*.

—Puede ser. Me quedé dormido en las dos —admitió riendo.

—¿Te duermes en las pelis?

—Siempre.

Sintiéndome más serena, empezamos a jugar a preguntarnos sobre nuestros gustos mientras preparábamos un café, descubriendo algo más de la persona con quien habíamos pasado la noche. Aquella mañana supe que tenía miedo a las arañas y le molestaba la arena de la playa. También que su mayor complejo era la separación de sus palas. Entre sus aficiones destacaba el deporte y la montaña. Reconocía estar mimado por sus padres y su hermana, quizá por eso no aceptaba bien las críticas. Tenía ideales de derecha liberal, aunque socialmente se declaraba de izquierdas, pero por su trabajo prefería otros partidos que tuvieran más en cuenta la economía. Le apasionaba la gramática, el origen de las palabras. Tenía en mente comprar la casa donde vivía al cabo de poco tiempo y viajar a Nueva York durante el verano.

Éramos muy distintos. Pero nos unía la música. Y después de conocer todos esos detalles sobre él me di cuenta de que era lo único que seguíamos teniendo en común. Nunca creí en la teoría de que los polos opuestos se atraen, y con Víctor tenía una sensación extraña. Cuando apuré el café pensé que era un buen momento para volver a casa y trabajar en canciones nuevas.

—Bueno… tengo que hacer cosas para mañana. Ha sido una noche increíble. Y gracias por el pequeño concierto de piano. —Soné algo fría.

—¿Nos vemos esta semana? Me debes una cita, recuérdalo.

—Claro —contesté con poca convicción. De repente algo se había vuelto contra él, o más bien contra mí.

Al despedirnos Víctor me agarró y me besó con fuerza en la mejilla. Me parecía arriesgado dejar claras nuestras intenciones en la primera despedida después de una noche en que nos habíamos arrancado la ropa. Supongo que él no querría asustarme dándome un beso en la boca, como si fuéramos a empezar algo, ni dos besos de cortesía, como si todo hubiera acabado. A mí todo me daba vueltas al cerrar la puerta y saberme en un barrio pijo, saliendo del piso de un empresario que orientaba la cama al norte para descansar mejor. De camino a casa me asaltaron tantas dudas que no estaba segura de si Víctor sería algo más que alguien con quien había pasado una noche.

Éramos tan diferentes que no me bastaba con que tuviera todos los discos de John Coltrane, ni que aquella mañana hubiera conseguido calmar mi llanto tocando el piano.

Pero ¿a cuántas personas podía conocer que llevaran tatuado *A Love Supreme*? Su entusiasmo por lo que yo más amaba me hacía quedarme cerca. Odiaba las películas de Disney, tenía miedo de los perros, no soportaba la arena de la playa y no descartaba votar a algún partido conservador en las próximas elecciones. Pero, joder, llevaba tatuado el maldito nombre de mi álbum favorito de jazz en el brazo. Y había más: una sensibilidad, una fuerza, una pasión que nos unía de por vida. ¿Para qué quería alguien al lado a quien no le molestara la arena si no podíamos escuchar la música que nos encendía mientras hacíamos el amor? No hay mayor unión que la del sexo y las canciones, y con él mi cuerpo palpitaba con ritmo. No sé por qué dudaba en que siguiéramos viéndonos, si habíamos dejado un disco a medio escuchar.

26

A la mañana siguiente, después de conocer la relación entre Víctor y Lola, tuve ganas de llamar a mi hermana para tomarnos un café. Tenía mucho que contarle. La avisé para vernos después de mi jornada en el metro. Apareció por la estación gritando desde lejos: «¡Hermanita! ¡Hermanita!». Y me abrazó con tanta euforia que se me cayó el atril y la carpeta con las canciones.

—Bueno, Carlita, ya veo que te estás alimentando bien —dijo haciéndome un repaso visual de arriba abajo.

—Sí, la comida precocinada y los bares no favorecen mi línea, pero para algo nos sirve la genética de papá y mamá —contesté a regañadientes.

—Venga, anda, que te invito a un café. —Me cogió la guitarra y salimos en busca de alguna cafetería.

Una amiga le había recomendado un restaurante muy esnob que había en una azotea de un hotel muy cerca de mi barrio. Venir a esta parte de Madrid era como una excursión para mi hermana, que no solía salir de su zona de confort en ninguno de los aspectos de su vida. A veces envidiaba esa postura tan cómoda que había elegido Sandra. Es parecida a la calma que sienten los creyentes, la paz que dan las respuestas a preguntas que no la tienen, de quienes se conforman y creen porque tiene fe. Mi hermana encontraba su felicidad en la tranquilidad, en tenerlo todo bien atado y no sufrir muchos quebraderos de cabeza. Por eso se había quedado a trabajar en la empresa familiar y seguía viviendo en casa de mis padres, hasta que ahorrara lo suficiente para irse con su novio a algún adosado de nuestra urbanización. Podía contar con ella en cualquier momento, porque quería que todo estuviera bien siempre y no juzgaba nada.

Después de dar algunas vueltas hasta encontrar la famosa azotea nos sentamos con el sol de cara y unas buenas vistas.

Enseguida llegó el camarero para tomar nota.

—Para mí un café con leche, gracias.

—Yo quisiera un café con leche de almendras —pidió mi hermana seguidamente.

—¿Leche de almendras, Sandra? —le pregunté asombrada—. Eso es nuevo ¿no?

—¡Claro! Tienes que tomarla, lleva mucha vitamina E, un antioxidante natural que ayuda a retrasar el proceso de envejecimiento. —Me explicaba todos los beneficios mientras estiraba el cuello y alzaba la cara para que viera su terso cutis—. Vaya, que hace que las arrugas te salgan más tarde. —Y se echó a reír.

Siempre estaba a la última en todo lo relacionado con cuidarse y llevar una vida saludable. Durante el boom del yoga tenía todos los complementos para ir a clase y practicar en casa. Después fueron los zumos detox, las flores de Bach y las semillas de chía.

—Bueno ¿cómo van las cosas en el bufete? —le pregunté en cuanto llegaron los cafés.

En realidad, quería verla para saber de ella pero también de toda la familia.

—Bien, ya sabes. No paramos de trabajar y los tíos cada vez están más mayores y menos eficaces, así que poco a poco me encargo de más cosas.

—¿Y mamá?

—Es la que mantiene el orden. ¿Cuánto hace que no habláis? —preguntó con cautela.

—Desde el cumpleaños de Esteban, y no es que hablásemos mucho.

—No quiero meterme, supongo que tendrá que pasar tiempo. Para mamá tu decisión fue todo un shock, y si le sumas lo cabezonas que sois las dos...

Estaba claro que arreglar la mala relación con mi madre desde que decidí venirme al centro de Madrid y tocar en el metro era cuestión de tiempo. Dejamos de lado el tema familiar y nos pusimos a hablar de nosotras. Sandra estaba bien, feliz con su chico y muy realizada en el trabajo. Quedó consternada por la triste historia de Mati, a quien recordaba por sus gafas verdes y su manera de andar.

—Ha sido muy difícil asumir que se ha ido, a veces cojo el teléfono para llamarlo y me doy cuenta de que no, de que ya no está. —No quería emocionarme delante de Sandra, pues se preocuparía y no deseaba que se quedara con esa sensación.

—Cuando te pase eso escríbeme, aunque sea para decirme hola. Sabes que siempre estoy aquí, Carla, toda para ti cuando lo necesites mucho y también cuando no sea tan importante. Nos lo decimos poco, pero te adoro por encima de todo. Ven aquí, pequeña. —Me abrazó como si fuera aún su hermana de cinco años.

Me sentí reconfortada. Para compensar había dejado para el final la aparición de Víctor en mi vida.

—Bueno, y estoy viendo a un chico —dije como si no tuviera importancia—, se llama Víctor, lo conocí en el metro un día en que hubo retrasos por inundaciones.

—¡Qué! —exclamó—. Pero ¿hay algo? Cuéntame.

Era la primera vez en mucho tiempo que le decía a mi hermana que había conocido a alguien; le había contado más escarceos a mi abuela que a ella. Consciente de su afán por saber hasta el mínimo detalle de cualquier historia, estaba segura de que iba a preguntarme hasta su grupo sanguíneo. Acto seguido me bombardeó a preguntas cuyas repuestas yo aún no sabía.

—Y ¿qué es lo que más te gusta de él?

—Yo, eso es lo que me gusta de él. Que no le necesito, pero quiero estar a su lado. Llevaba mucho tiempo buscando algo diferente y me olvidé de encontrarme a mí misma. Me he dado cuenta de que el amor no es más que mirarse al espejo y pensar que estás más guapa que nunca, que brillas sola. Estoy empezando a amarme para poder amar a alguien.

—Pero habrá algo de él que no tenga el resto, ¿no?

—A los dos nos gusta la música, la literatura, los diccionarios y los tiempos verbales, y de eso se trata nuestro amor, de estar al lado de alguien que quiera conocer tu pasado imperfecto para construirte un presente continuo. —No hubo mejor manera de saber qué sentía por Víctor que hablando de él con mi hermana—. Pero somos muy diferentes, Sandra, y eso me frena. Me da miedo que todas esas diferencias puedan llegar a hacerme daño en algún momento.

—Parece que me está hablando la Carla que cuando terminó la carrera no sabía qué hacer con su vida. El miedo que tenías de irte a Madrid y dedicarte a algo que te apasionaba, pero que no sabías cómo iba a salir. La vida está hecha de decisiones, una tras otra, Carla, deberías saberlo bien. —Me agarró de la mejilla como hacía mi madre cuando era pequeña—. Oye, creo que en el fondo sabes lo que quieres hacer, como siempre, lo que te cuesta es aceptar que eres pura pasión.

Mi hermana había despejado todas mis dudas con una sola respuesta. Seguiría el camino que me dictaba mi intuición, siempre tan kamikaze. Pero la música no iba a abandonarme cuando decidí mudarme a Madrid, pues entonces era yo conmigo misma. Pero esta vez era diferente, porque ahora también estaba él, y me jugaba mi corazón intacto, al que tanto había cuidado. Una vez más, tenía que superar el miedo, esta vez por amor.

Al terminar el café nos despedimos prometiéndonos que nos veríamos más.

27

Mis pies avanzaban solos por el camino que me llevaba a él. Después de la conversación con Sandra, supe que el amor es muchas cosas, pero sin duda lo que más lo caracteriza es que resulta inevitable. No podía dejar de pensar en Víctor, se había instalado dentro de mi cabeza en muy poco tiempo. ¿Estaba enamorada? ¿O todo aquello era una simple y enardecida locura que acabaría con nosotros? Mi cuerpo contestaba a tantas preguntas, mi temperatura había cambiado y aumentaba cada vez que él estaba cerca. Mi ritmo cardíaco se había acelerado desde el primer día que nos cruzamos. No dormía bien. Atrás quedaron los sábados en la cama tratando de atrasar el despertador, o mis cinco minutos de cortesía en la cama cada mañana antes de trabajar. Ahora quería dormir poco. Deseaba estar despierta para ser consciente de su amor. Me gustaba pensar en él y, si dormía, perdía el control de mis pensamientos.

Estuvimos días sin dejar de mirarnos, abrazados,

como quien agarra una moneda al aire. Teníamos suerte. «Andábamos sin buscarnos pero sabiendo que andábamos para encontrarnos.» Y así transcurrieron los primeros tiempos juntos. Pasábamos horas en la cama hablando de sexo. Víctor era muy pasional pero pocas veces se había abierto con una chica y había contado sus preferencias. Quizá mis relaciones tan esporádicas me habían hecho ser demasiado explícita en la cama, por lo que no habían podido ser satisfactorias. Descubrimos sin tabúes nuestros cuerpos, con mucho amor y sin prisas. Quería conocer hasta su lunar más recóndito, recorrer su cuerpo mentalmente sin necesidad de mirarlo. Deseaba identificar su penúltimo gemido para llegar juntos a lo más alto. Después de conversaciones similares, hacíamos el amor y conectábamos cada vez más.

Cuando fuimos capaces de elaborar un plan alternativo a quedarnos abrazados y mirándonos como bobos, empezamos a asistir a conciertos y a pasear por Madrid Río en bicicleta. Pocas veces hablábamos de nuestros sentimientos, era evidente cuanto nos sucedía. Una tarde sentados en el césped del parque nos dejamos llevar y acabamos por soltar muchas de esas cosas que guardábamos dentro.

—¿No te da la impresión de que nos conocemos de toda la vida, pero a la vez está tan cercano el primer café? —me preguntó mientras me colocaba el pelo a un lado del cuello.

—Supongo que el amor está fuera de toda lógica. Y por favor, nunca se la pidas, es lo que lo hace único.

—¿Cambiarías algo de mí?

—Mmm… —murmuré pensativa.

Víctor dijo bromeando que si tardaba tanto en contestar era porque había cosas que sí cambiaría.

—Quizá se te podría haber estropeado el coche un poco antes. O haber aparecido por alguna discoteca que yo solía frecuentar con veinte años. Lo único que cambiaría de ti es que podrías haber llegado antes.

—¿Por qué? Dicen que solemos tratar a alguien nuevo como si llegara tarde. «Haber llegado antes.» No entendemos que en la vida la gente llega cuando tiene que hacerlo. Todo tu pasado te ha hecho estar aquí.

—Ya, pero fueron demasiadas noches buscándote en cada polvo que acababa siendo un error. Tú al menos tenías novia. Has sido feliz, ¿no?

Hablamos de nuestras relaciones, tan diferentes. Habíamos sido personas muy opuestas mucho tiempo, pero Víctor me hizo ver las cosas de otra manera.

—Que no te preocupe si hemos vivido el amor de diferente manera. Estamos ahora aquí, en el mismo momento y con la misma sensación. No me importa de dónde vengas, solo sé que todo eso te ha hecho estar ahora aquí. Al igual que a mí. Quizá tú hayas aprendido a querer por los errores y yo por los aciertos. Pero aquí y ahora, en este momento que te beso y me quedo para que tú también lo hagas, estamos en el mismo punto de la cima de la montaña.

Tenía razón, habíamos llegado a amar de la misma manera llegando de diferentes caminos. Éramos mi ensayo-error junto a sus aciertos. Nada podía salir mal.

28

Una mañana fui paseando desde su casa hasta mi entrañable piso de «estudiantes». Al entrar oí que mis compañeras discutían por teléfono con el señor que nos lo arrendaba. Por causas familiares iba a dejar de alquilarlo y lo ocuparía uno de sus hijos. Teníamos hasta final de mes para encontrar otro piso. Una de mis compañeras, que tenía previsto irse a trabajar a Londres, pensó en adelantar el viaje. La otra decidió mudarse a casa de su pareja.

Durante algunos días hice como si no pasara nada, ¡aún quedaban algo más de dos semanas! Pero en realidad no sabía qué hacer. Julia vivía en un estudio de menos de veinte metros cuadrados, Mario compartía piso con tres amigos del pueblo y no sabía si pedirle el favor a Víctor iba a ponerlo en un compromiso.

Para no pensar en ello, seguí trabajando en la canción

para Mati alguna noche y pensando en la conversación con mi hermana.

Mis compañeras empezaron a amontonar cajas de cartón en el pasillo con algunas de sus pertenencias, pero mi habitación seguía intacta. Dicen que una mudanza es como vivir un incendio, aunque supongo que depende de la situación. Pero aquella era forzada. A mis compañeras les había servido para adelantar un cambio que iba a llegar pronto, pero en mi caso significaba quedarme en tierra de nadie hasta encontrar un nuevo acomodo. En Madrid el alquiler había subido de una manera desorbitada desde mi llegada y ahora no era tan fácil encontrar un piso que se ajustara a mi presupuesto. Sin embargo, lo que antes hubiera sido causa de ansiedad ahora solamente era algo inquietante. La importancia de relativizar las cosas que me había enseñado Julia había hecho mella en mí y en circunstancias como aquellas era consciente de ello.

Tardé todavía unos días en ponerme a hacer cajas con las cosas que guardaba en el armario: cuerdas de guitarra, bolígrafos, entradas de conciertos o exposiciones, entre otras. Entonces me topé con el posavasos donde Mati me anotó su número de teléfono cuando nos encontramos en el metro. Tenía letra de niña, redondita y clara.

Mientras miraba aquel posavasos sonó el teléfono,

sacándome de golpe del callejón sin salida de echar de menos a mi amigo y solamente querer estar con él.

Era Julia, que me invitaba a la inauguración de una vinoteca de un compañero suyo del sindicato el viernes por la tarde.

29

Un buen vino sería un plan insuperable para animar a venir a Víctor y que así conociera a Julia. En la calle de la Espada número 4, cerca de la estación de metro Noviciado, volví a verlo. A medida que se acercaba sentí que mis pulmones se llenaban de aire. Y pensaba que de repente alguien inesperado llega en el momento menos adecuado y hace que sientas escalofríos.

—Perdona, siempre llego tarde —le dije abrazándole.

—No, qué va. Has sido puntual, solo que a mí me gusta acudir antes para verte llegar. —Me besó en los labios—. Me gusta pensar que la chica guapa que veo desde lejos se acerca para quedarse conmigo.

Era un seductor. Alzaba las cejas de una manera tan cautivadora cuando decía ese tipo de cosas que yo caía rendida a sus encantos.

Echamos a andar entre la multitud que acoge Madrid los fines de semana. Cuando me cogió de la mano pensé que era la primera vez que unía paseando mi mano con otra que no fuera la de mi madre.

Me sentía como una turista en mi propia ciudad, y no por visitar una zona de Madrid por la que no solía salir. Era por él. Era todo tan nuevo… Mi cuerpo experimentaba sensaciones tan inéditas que llegó a transportarme a otro lugar. Estábamos en el punto álgido del amor, al principio. Los pensamientos de los días anteriores no eran más que miedos absurdos. Quizá la coraza que había llevado durante años se había hecho tan dura que cualquier romance perdía todo interés para mí en cuanto sabía la talla de zapatos que usaba el otro o cuál era su ingrediente favorito de la pizza. La fascinación, que lleva al amor, va de la mano del desconocimiento. Cuando un hombre dejaba de sorprenderme, ya no me interesaba más. No estaba hecha para la rutina, no quería compartir mi vida y formar parte de un todo, de un matrimonio, una unión, un compromiso. Para mí el amor era como encender una cerilla. La llama surge del calor provocado por un roce. Después de ese estallido, todo acaba. Y nosotros estábamos aún en esos intentos tan efusivos de encender la cerilla y generar el fuego. Conocía de él lo necesario para desear saber más, pero no tanto para querer irme.

Cuando encontramos la recóndita vinoteca, nos quedamos en la puerta para fumarnos un cigarrillo antes de entrar. Enseguida apareció Julia. Al presentarlos vi poco entusiasmo por parte de mi amiga. A veces no era tan tolerante como creía con personas diferentes a ella. Puede que Víctor llevara una camisa celeste y unos zapatos italianos, pero solo era el aspecto de una persona a la que yo quería, y dado que era así, Julia hubiera debido tratarlo con el mismo amor que a mí. Sin embargo, me dejó claro su absoluto desinterés por Víctor cuando entramos y se alejó a saludar a un grupo de amigos entre los que se encontraba el chico que inauguraba el local. Víctor y yo decidimos echar un vistazo observando cada botella y probando en una cata que se había organizado en una pequeña barra improvisada en mitad del establecimiento los vinos que más llamaban nuestra atención. Le gustaba estudiar cada detalle, parecía que le apasionaba la enología. En una pared había una barrica de adorno y los techos eran altos y tenían bombillas de filamento a varias alturas. Era un lugar cálido y acogedor. Víctor aspiró el aroma de un Ribera del Duero dando vueltas a la copa de modo que el vino se deslizó por las paredes de cristal.

—Lágrimas de vino.

—¿Cómo? —pregunté

—Sí, el efecto que el vino produce al resbalar por la cara interna de la copa es muy parecido al de una lágrima resbalando por la mejilla. Por eso se llama así —me explicó mientras seguía dándole vueltas a la copa—. Si la gota se desliza lentamente es que el vino tiene más alcohol que si lo hace más rápido.

—¿Dónde has aprendido eso?

—Cuando estudiaba la carrera me fui de Erasmus a Parma, donde uno de mis compañeros italianos tenía un pequeño viñedo a las afueras. Me enseñó a disfrutar de todo lo relacionado con el vino, no es solamente beberse una copa, es el amor a la uva, el cuidado. «*Il vino buono si fa con amore*», solía decir su padre.

—No sabía que hablabas italiano.

—No sabes muchas cosas —contestó haciéndose el interesante.

Pensaba en esos detalles al referirme a los momentos cuando todavía no sabes lo suficiente para aburrirte con alguien. Víctor me fascinaba por muchas vivencias e inquietudes. Y quizá lo que más me gustara fueran sus constantes ganas de aprender. Igual nunca llegaría a saberlo todo de él y no tendríamos que asistir a ese trágico momento de decir «Hasta aquí». Fuimos probando todos los tintos. Sus labios se teñían cada vez más de morado. Y aumentaban mis ganas de besarlo de nuevo.

Camino del baño me encontré a Julia. Víctor se había quedado charlando con el sumiller que nos atendía.

—¿Qué te parece? —le pregunté

—Bien, es mono.

—¿Es lo único que se te ocurre decirme?

—Sí, ya sabes. No es mi estilo. Parece el típico pijo de Carla.

—Ya estamos.

—No es eso. Sabes que creo mucho en las energías y esas cosas, y no me ha dado buenas vibraciones.

—¿En serio, Julia? Por fin encuentro a alguien y ¿me sales con esas?

—Lo siento, prefiero decírtelo. Me alegro de que hayas roto tantos muros y ahora estés abriéndote a alguien. Pero no te enamores locamente, intenta mantener la cabeza en su sitio —me dijo agarrándome de las manos.

—Bueno, no puedo obligarte a que te caiga bien. Pero no sois tan diferentes; tú también deberías echar abajo algún muro.

Dolida, seguí mi camino hacia el baño pensando en lo que me había dicho. Cuando volví Víctor notó algo y me preguntó si todo iba bien. Le repetí que sí, pero él siguió insistiendo. No quería contarle lo sucedido. Si algo se me daba mal era disimular. Como continuó preguntándome, al final se me ocurrió decirle que estaba algo agobiada porque tenía que buscar otro piso y mis compañeras ya habían resuelto a dónde ir y me había quedado colgada. Suspiré aliviada al ver que la respuesta lo había calmado. Pero surgieron otras preocupaciones. La situación era complicada, me quedaban unos diez días para encontrar una habitación y lo poco que había visto estaba fuera de mi alcance.

—Puedes venirte a mi casa hasta que encuentres algo —me propuso de una manera muy natural.

Se me atragantó el vino al oírle decir aquello.

—Me refiero a que tengo un cuarto de sobra. No te espantes —se apresuró a aclarar.

No era tan mala idea, si no fuera porque llevaba unas semanas sintiendo algo por él. Pero ¿qué opción tenía? Le dije que lo pensaría si en unos días no aparecía algo adecuado.

Se hacía tarde y nos despedimos de Julia tomando el último vino. Decidimos marcharnos a casa de Víctor a pasar el resto de la velada.

Cuando subíamos por el ascensor volví a desearlo con las ganas del primer día y nos besamos hasta que las puertas se abrieron. Eran algo más de las once de la noche y no habíamos cenado, así que Víctor se metió en la cocina y me gritó: «Ponte cómoda, voy a preparar algo para picar». Mientras estaba sola en el salón repasé una estantería de libros y algunos marcos con fotos. Si era él el niño que aparecía en una, era un pequeño regordete pelado y con cara de no haber roto un plato. Después, de adolescente, parecía el mismo pero víctima ya de la moda de los años noventa. En la pequeña biblioteca había de todo, desde libros de filosofía hasta *El capitán Alatriste*. Cuando volvió al salón, con una bandeja de madera con algunas cosas para comer, me sorprendió buscando mi horóscopo en un libro de astrología.

—Déjame que lo adivine —dijo mientras colocaba la bandeja en una mesita baja delante del sofá—, podrías ser... ¿Leo? Ambiciosa, valiente, creativa...

—¿De verdad te gusta el zodíaco? —le pregunté riéndome—. Pues no se te da bien, porque no soy Leo. Lo siento.

—¿No? Entonces ¿serás Piscis? Cariñosa, amable y tranquila.

Seguí riéndome sin dejar de hojear el libro y negando con la cabeza, pues no acertaba.

Los horóscopos me parecía algo muy absurdo, ¿cómo podía creer que nacer en un momento determinado del año iba a marcar mi manera de ser? Pero se le veía tan entusiasmado que siguió intentándolo hasta que las posibilidades de acertar eran cada vez mayores. Entre risas nos sentamos en el sofá a cenar. En la televisión emitían una película que no nos interesaba nada. Había preparado un par de sándwiches y un cuenco con fresas y gajos de mandarina. Mientras saboreaba la cena pensaba en la propuesta de mudarme a su casa hasta encontrar algo. Me gustaba fantasear despierta en muchas ocasiones. Seguíamos hablando, pero yo no dejaba de pensar. Era una casa espléndida; además, Víctor no estaba mucho tiempo en ella, solía comer en el trabajo y llegaba pasada la tarde. Tampoco nos veíamos demasiado y podría dormir en el cuarto pequeño de invitados para no invadir su espacio. También tendría que cuidar el orden y la limpieza. Quizá un tiempo en su piso me haría valorar la calma que se respiraba en su hogar gracias al famoso feng shui en el que Víctor tanto creía. En su mundo nada era casual. Supongo que la música en la calle deja tanto margen a la improvisación y a los contratiempos que por eso no pudo seguir con ello fuera del conservatorio. Todo para él tenía una correlación, un sentido. Porque para Víctor el silencio significaba cuatro tiempos en un lenguaje musical. En cambio, yo era lo contrario. Él la razón y yo el corazón. Pero me gustaban esos detalles que hacían de Víctor el que era. Y decidí volver a preguntarle sobre la proposición que me había hecho en la vinoteca, para asegurarme que no había sido el efecto de tanto vino.

—¿Sigues pensando que podría venirme aquí un tiempo?

Me quedaban diez días para que me pusieran de patitas en la calle, tenía pocas opciones y en los últimos meses había aprendido que había que aprovechar las oportunidades que se presentaban. Aunque en esta ocasión, tenía ciertas dudas.

—¡Por supuesto, Carla! —contestó animado—. Ya te lo he dicho, para mí no es ninguna molestia, sabes que paso poco tiempo en casa y si tú lo necesitas, puedes contar con ello. El domingo podría ayudarte a traer lo que tengas. Ya sabes que entre semana lo tengo más difícil.

—Gracias, Vic.

—¿Vic? Mi hermana suele llamarme así. ¡Me gusta!

Todo iba demasiado rápido. Sentía cierto vértigo, pero a cada instante aparecían nuevos lazos, que no apretaban, pero sí nos unían más. Cuando el amor llega no te avisa con una carta por debajo de la puerta. El amor irrumpe y te impregna. Como un viento que te despeina, dejándote más guapa que antes. Y sin saber cómo, te descubres dentro de un remolino donde todo da vueltas y te desordenas, pero estás más viva que nunca.

Cuando nos metimos en la cama me desnudó con cuidado, desabrochando los botones de la blusa igual que si fueran frágiles pompas de jabón. Llevaba un conjunto de lencería de encaje negro porque imaginaba cómo acabaría la noche.

Hicimos el amor deshaciendo dos soledades.

Despacio, como quien disfruta de la espera.

Porque la paciencia trae consigo la mayor recompensa.

30

Cuando te ríes sola en la ducha es que todo parece ir realmente bien. Aquella mañana Víctor tenía un partido de tenis y después había quedado para comer con varios amigos. Y allí me quedé yo, riendo mientras caía el agua y arrastraba con ella todo lo que quedaba de nuestra noche. Todo fluía, y yo me dejaba llevar por la corriente, nuestra corriente.

Salí de su casa con ganas de volver. Me quedaría hasta encontrar algo, aunque por poco que fuera sabía que sería un tiempo para recordar.

Fui a mi casa con la idea de hacer cajas y empezar mi pequeña mudanza. Al llegar abrí la nevera y saqué una ensalada preparada, de esas que tienen los ingredientes por compartimentos y puedes aderezar en el momento. Me senté en la cama de mi habitación a comérmela mientras miraba con nostalgia cada detalle del cuarto. Aunque en muy poco tiempo mi vida había cambiado tanto, seguía acordándome desesperadamente de Mati. Apenas habían pasado unas semanas. Y la mejor manera de separarme de una realidad donde no quería vivir era terminando la canción que empecé para él. Poca gente lo entiende, pero mi única patria es la música. Siempre fue un antídoto. Cuando mi hermana y yo éramos pequeñas, mi madre nos cantaba nanas para dormir y conciliar un sueño tranquilo; extrañaba su voz, ese remanso de paz.

«Me hubiera gustado contarte, amigo, que he conocido a alguien. Que la música va cada vez mejor y sigo echando de menos a mi madre. Que sigo sin encontrar un azul tan único como el de tus ojos y que este piso pasará a ser un recuerdo. Como todo.»

Hablaba conmigo misma como si conversara con él. ¿Qué hacía con todo lo que me recordaba a Mati? Supongo que lo mismo que con las cosas que tenía en la habitación: meter en cajas los recuerdos y guardarlos en algún rincón donde podamos volver cuando queramos, pero que nos deje seguir viviendo.

Cuando quise darme cuenta, llevaba más de dos horas con la guitarra intentando seguir componiendo.

Qué hago yo con todo esto
que me recuerda a ti.

Antes de que se hiciera más tarde, bajé a pedir algunas cajas de cartón en los bares del barrio.

—¿De mudanza? —me preguntó la camarera china de la cafetería donde iba por las mañanas a comprarme el café.

—Sí, me voy a casa de… un amigo mientras busco otra cosa —contesté. Había dudado al referirme a Víctor de esta manera.

—¡Qué pena! Esperamos que vuelvas, por aquí hay un chiquitín que seguro que te echa de menos. —Agarró a su hijo pequeño, que se ruborizó—. Puedes coger un par de cajas que hay en la entrada al almacén.

Quizá nunca llegamos a percatarnos de lo importante que podemos ser en la vida de alguien. Pasamos a diario por delante de cientos de personas que de alguna manera empiezan a formar parte de nuestra vida. ¿Cuántas veces te cruzas con el amor de tu vida antes de conocerlo? Yo, que alardeaba de ser testigo de tantas vidas que pasaban diariamente por el metro, apenas me había fijado en el hijo pequeño de los dueños de la cafetería. Era un chico tímido de unos ocho o nueve años, con rasgos asiáticos pero con un estilo muy europeo, que siempre estaba desayunando en la barra cuando yo pedía el café por las mañanas de camino al trabajo. En cierto modo me alegré de sentir que formaba parte de su vida. Todas las mañanas, durante tanto tiempo, aquella familia hacía que el barrio fuese lo más parecido a un hogar.

—No te preocupes, me mudo de casa pero trabajo en la línea 3. Seguiré viniendo por las mañanas.

El chico sonrió, aún con las mejillas sonrosadas.

¿Sería yo una especie de amor platónico, como el que se siente por el profesor de la universidad? ¿Como la maestra de música para algún alumno o alumna de solfeo que detesta ir a clase, pero cuyo único aliciente es volver a verla? O quizá ¿solo le fascinaba verme con una guitarra? Lo único que deduje fue que yo había encarnado para él la figura de un icono; aquel niño seguramente ni había nacido cuando yo tomé la comunión. Cuando pasan este tipo de cosas o un niño en el metro te llama «señora» es cuando te das cuenta de que el tiempo pasa. Claro que pasa el tiempo, el único consuelo es pensar que lo hace igual para todos.

Subí a casa para empezar a organizar mi traslado. Ropa amontonada en el armario, discos, libros, fotos en una estantería y muchos papeles con letras de canciones. No acumulaba muchos trastos pero parecía que había más por el desorden. Para no perturbar la armonía que reinaba en casa de Víctor empecé por ordenar el armario y luego meter la ropa en las cajas. En uno de los cajones encontré un costurero que mi abuela Remedios me había regalado al marcharme de casa mientras me decía «Nunca sabes qué botón se puede caer o qué camisa habrá que coser». Lo guardé con cariño junto a un paquete de velas aromáticas que había comprado en el Rastro, una bolsa de agua caliente para los días que la espalda se resentía de tantas horas tocando en el metro y un pequeño botiquín con ibuprofeno y pastillas de propóleo para la voz. Etiquetaba el contenido de cada caja por temas: salvavidas, ropa, cultura… Aquella donde guardé las fotos con Mati y algunas otras cosas que me regaló la llamé «Recuerdos». Fue la forma más gráfica de plasmar todo lo que había pensado durante la tarde. De esta manera sentía que cumplía una fase más de mi duelo. Hay que poner tanto de nuestra parte para seguir adelante que aunque me doliera llamarlo así, mi amigo ya solo me acompañaba en la memoria.

Cuando terminé de cerrar las primeras cajas, llamé a Julia para contarle mi loca decisión.

—Como te apoyé para que no ejercieras de abogada y te vinieras al centro de Madrid a tocar en el metro, sería poco coherente decirte ahora que estás chiflada —dijo riendo—. Pero ya sabes, cuida de ti. Que ningún hombre crea que te salva de nada. Llevas mucho tiempo valiéndote por ti misma, has conseguido tanto tú sola que no debes perder tu camino.

—Eres una constante revolución, Julia.

—¿Por qué dices eso? Solo intento que mi amiga no se desvíe y, aunque acepte una ayuda, no piense que ese chico ha llegado para salvarla. No creo en los cuentos de princesas, ya lo sabes. No quiero que nadie te trate como una princesa, sino como una mujer —continuó cada vez más exaltada.

—Ya, ya, Julia. Estamos juntas en esto. No voy a dejar que ningún hombre se sienta más que yo. Víctor no es así, de verdad. Es leal y bueno. Dale una oportunidad.

—Sí, no me queda otra —masculló.

—Gracias.

—Pero podré ir a tomar unas cervezas y a ver nuestras películas de los miércoles, ¿no? —reclamó como si fuese lo más importante, y tal vez tuviera razón.

—Claro que sí —contesté riendo.

—Avísame si necesitas ayuda con las cajas, ya sabes que puedes contar conmigo.

—Vale, gracias de nuevo.

Durante los años en la universidad Julia y yo nos implicamos mucho en el movimiento feminista. Asistíamos a charlas, conferencias y manifestaciones. Cuando lo dejó con su pareja se volvió más fuerte y aprendió a no entregarse tanto en una relación. «No hay que perder la identidad; en el amor no hay que darse, sino que compartirse», decía. Ella siempre intentaba explicarme lo que había aprendido para que yo no cometiese los mismos errores, pero no se daba cuenta de que uno solo aprende cuando tropieza con su propia piedra y no con la de otro.

31

Los domingos siempre son un poco melancólicos. Como todos los finales. Con cada domingo acaba la semana, aunque sea un día más del mes. Y eso lo tiñe de un matiz grisáceo. Repasas, piensas y recapacitas. Los domingos son pequeños fines de año en que te propones que al día siguiente te apuntarás al gimnasio, dejarás de fumar o, en mi caso, empezarás a convivir con tu novio.

Pero aquel domingo era diferente. Estaba ansiosa por llamar a Víctor y llevar las primeras cajas a su casa. Los miedos de días y semanas antes se habían disipado por arte de magia y tenía ganas de dar ese paso. Me desperté más temprano de lo habitual, como cuando vas al colegio y toca salir de excursión: ese día no te costaba nada madrugar. De repente, oí un gran ruido. Al asomarme al pasillo, vi a una de mis compañeras salir con una maleta enorme.

—¡Carla! No quería despertarte. Iba a escribiros que

me han llamado del trabajo de Londres para incorporarme con urgencia mañana y ¡me marcho corriendo al aeropuerto! Vendrán mis padres a hacer la mudanza.

—¡Qué suerte! Me alegro mucho, espero que todo te vaya muy bien y volvamos a vernos.

—Sí, tía. Te mereces lo mejor en la música. Voy a echar de menos dormirme con tus canciones.

En todo el tiempo que llevábamos conviviendo no nos habíamos dado un abrazo tan emotivo como el de aquella mañana. Algunas personas están ahí sin ser relevantes, pero sí necesarias. Pensé que nunca me oía; aunque su cuarto era contiguo al mío yo tocaba tan flojito y ella se acostaba tan temprano que siempre había creído que cuando yo cantaba ella estaba ya en el quinto sueño. Acostumbrada a los golpes que daban mis padres en la pared de mi cuarto para que dejara la guitarra, esto me parecía todo un halago por parte de mi compañera.

Cuando se marchó, se hizo más palpable el cambio. Su habitación se había quedado vacía y dentro de un par de días pasaría lo mismo con la mía. Escribí a Víctor por si aún dormía, pero su ritmo de trabajo le hacía seguir madrugando también los fines de semana.

Decidimos que estaría bien que viniera sobre las doce para ayudarme a bajar las cajas y así me daba tiempo a rematar algunas cosas.

Mientras llegaba la hora, di vueltas por la casa controlando estanterías y cajones por si se me olvidaba algo.

Más que por su valor material por si encontraba algo con significado sentimental. Como la taza de cerámica blanca con mi nombre que me regaló mi hermana cuando cumplí diez años o un botella de cristal que robé de un bar en una cena con Julia y Mario. Pero por suerte no había invertido dinero ni tiempo en decorar la casa. La banqueta donde solía tomar el sol cerca de la ventana se la dejaba a los nuevos inquilinos; tampoco quería asustar a Víctor con muebles que no encajaran en la decoración de su casa. Fui acercando las cajas al descansillo y amontoné cinco o seis. Luego llegó Víctor y pudimos ir bajándolas.

—Qué poquitas cosas, ¿no? —me dijo al ver mis pertenencias apiladas delante del ascensor.

—Bueno, las cosas más importantes las llevo aquí —le dije señalándole la guitarra.

—Bohemia… —me dijo con guasa mientras cogía la primera caja.

Cuando bajé el transportista estaba ayudando a Víctor a meter las cosas en la furgoneta.

—¿De mudanza, pareja? Ay, qué ilusionados se les ve. ¿Son recién casados? Cuando Marianita y yo nos casamos, tuvimos que irnos a casa de sus padres porque no teníamos ni un céntimo para independizarnos.

Aunque no le preguntáramos, el conductor argentino iba contándonos toda su vida en pareja desde que se casó.

—No, no estamos casados. Solo es por un tiempo —contestó Víctor, poniéndose a la defensiva.

—Sí, un tiempo. Lo mismo me dijo mi Mariana y llevamos cuarenta años casados.

El hombre reía a carcajadas y Víctor me miraba algo irritado.

—Bueno, eran otros tiempos, amigo. Ahora las cosas solo son para siempre si uno quiere —le replicó.

Por un momento, noté que Víctor estaba un poco incómodo en aquella situación. Durante el trayecto el transportista siguió con su discurso sobre las relaciones mientras nosotros nos reíamos con disimulo. Cuando llegamos a casa de Víctor y empezamos a llevar las cajas al ascensor, le dije que aquello era temporal y que iba a buscar un piso cuanto antes.

—Te he notado algo tenso ante las preguntas del conductor —dije con cautela.

—No te preocupes, no era por las preguntas. Es que he tenido malas noticias de la oficina esta mañana, pues han cancelado un proyecto en el que llevaba trabajando varios meses. Estoy algo irascible.

—Ay, lo siento. Bueno, todo se arreglará.

De una manera egoísta, en mi fuero interno me tranquilicé. No era por mi mudanza, sino por problemas en su trabajo, del que pocas veces me hablaba.

—Sí, no pasa nada. Vamos allá, ¡que se me llene la casa de flores! —exclamó alzando la voz mientras pulsaba el botón de la quinta planta.

Cuando entramos en su casa estábamos tan cansados

que no fuimos conscientes de lo que suponía. Para Víctor parecía una situación mucho más cotidiana que para mí. Quizá lo hacía para que yo estuviera cómoda. O, bien pensado, tal vez sus sentimientos por mí no eran tan intensos para ver el peligro de vivir juntos aunque fuera por un tiempo. Llevamos las cajas a la habitación pequeña, pedimos comida a domicilio y nos quedamos dormidos.

32

Si pensáramos en los riesgos que conllevan los sitios a donde vamos... Si antes de lanzar una moneda supiésemos si saldrá cara o cruz... O si cuando conoces a alguien te dijeran que estará contigo solo durante dos años o apenas diez horas, quizá la vida perdería todo su sentido; desaparecería la experiencia que nos garantiza el aprendizaje. Cuando crecemos nos olvidamos de que todos empezamos a montar en bicicleta cayéndonos una y otra vez. Con el tiempo las caídas son otras, pero igual de eficaces. Por eso no pensé si irme a casa de Víctor sería una caída sin frenos; simplemente empecé a pedalear porque era lo que el corazón me pedía. Una vez mi abuela me dijo: «Sal a ensuciarte las alas», ella, que tanto me protegía cuando era una niña. Pero supongo que nadie nos puede salvar de la vida.

Cuando sonó el despertador de Víctor, esperé a que se marchara para no interferir en su mañana. Se dio una ducha mientras yo me giraba en la cama y me arrebujaba en el edredón para concederme unos minutos más de sueño.

Atrasé un poco mi hora de llegada al metro a fin de organizar las cajas, sacar algo de ropa y colocarla en un pequeño armario de madera que había en la habitación de invitados y que Víctor me había cedido. «Es temporal», me dije, mientras colocaba mis pantalones y camisetas en las baldas.

Volví a mi barrio a cantar como todas las mañanas. A tomar el café de siempre y, ahora sí, fijándome en que el chico de la cafetería se sonrojaba cuando al entrar le deseé los buenos días. Todo iba muy bien. Aunque no podía compartirlo con mi madre o con Mati... No podía llamar ni a la una ni al otro; a la primera por orgullo, al segundo... Aún no había borrado su número del móvil, ni creo que lo hiciera nunca, aunque supiera que jamás volvería a sonar el teléfono y vería su nombre en la pantalla. Pero cada persona encuentra consuelo a su manera.

Por eso empecé cantando los versos de *Sargento de Hierro* de Morgan:

> *Cúrame viento, ven a mí*
> *y llévame lejos.*
> *Cúrame tiempo, pasa para mí*
> *y sálvalos a ellos.*

La música es la mejor terapia para superar las ausencias. Durante los tres minutos que duraba la canción me sentí más cerca de aquellos que no estaban.

La gente en el metro continuaba con las prisas de siempre, pero todos los días reparaba yo en algún detalle que me animaba a seguir adelante. Un niño que se detenía y hacía que sus padres se quedaran a escuchar, alguna pareja adolescente que se besaba al escuchar una canción o alguna anciana que me recordaba a mi abuela y me sonreía con ternura.

Cuando terminé el pase fui a casa a dejar los bártulos. Luego bajé a hacer la compra con la idea de preparar una cena para cuando llegara Víctor. En su barrio de clase media alta las señoras mayores olían a laca y llevaban abrigos caros. Vi a pocos hombres en el mercado, y muchas de las chicas que había eran empleadas del hogar que compraban para las casas donde trabajaban. Acostumbrada al de mi barrio, este me pareció una especie de mercado gourmet. Perdía algo de encanto que no hubiera el jaleo propio de la gente que hablaba de lo que iba a cocinar ese día, o las risas de las señoras cuando compraban al frutero-poeta que les hacía rimas con cada fruta que pedían. Además, todo era mucho más caro, pero aquel día no importaba; era una ocasión especial.

La cocina no es mi punto fuerte y el libro de recetas que tenía no era precisamente de *nouvelle cuisine*, que tanto le gustaba a Víctor. Busqué por internet alguna receta resultona y sencilla. Al final me decidí por un risotto de langostinos, así que compré todo lo necesario y volví a casa.

Mientras colocaba la compra en la cocina, puse a hervir agua para prepararme algo rápido. Yo era bastante frugal; cuando estaba sola me bastaba con poco. Siempre eran los demás los que sacaban lo mejor de mí, pues entregaba cuanto tenía a las personas que tenía cerca porque les debía mucho. Me llenaron de autoestima y creyeron en mí antes que yo. Desde la guitarra que me regalara el chico de Erasmus, hasta convencerme de que mis piernas eran bonitas de tanto como me lo había dicho Julia.

Repasé la receta hasta tenerlo todo claro. Incluso llamé a mi abuela para confirmar que el caldo se hacía con las cáscaras de los langostinos y se reservaba la carne para el plato. Se burló de mí, pero terminó compartiendo sus sabios consejos culinarios.

Inquieta, miraba el reloj a fin de que todo estuviera a punto para las ocho y media, hora en que llegaría Víctor. Deseaba sorprenderlo con una copa de vino y luego con una cena tranquila. La ilusión es un fiel reflejo de lo que sientes. ¿Por qué si no estaba tan nerviosa? Y no dejaba de contemplarme en el espejo. Repasaba la colocación de las copas y los manteles, mientras iba probando el arroz hasta que estuviera en su punto. De fondo sonaba el disco de John Coltrane que tanto me hacía pensar en él.

Pero Víctor llegó dando un portazo. Soltó el maletín en el suelo y, con la cara desencajada, me dio un beso y me abrazó como un niño. Lo estreché fuerte contra mí, mientras él exclamaba entre sollozos:

—¡Van a cerrar la empresa, está en quiebra y he perdido todas las acciones! Todas, Carla.

—¿Cómo? ¿Qué ha pasado? —No entendía nada.

—Los inversores han cancelado los presupuestos y las empresas que estaban trabajando con nosotros han rescindido los contratos.

—No te preocupes, Víctor, todo saldrá bien.

Quise ser positiva, pues estaba muy abatido.

—No lo sé. Deja que me dé una ducha y luego hablaremos tranquilamente —repuso cortante.

Me puse nerviosa oyendo correr el agua de la ducha. En aquel momento tan desastroso para él me sentí una intrusa en su casa. No sabía cómo reaccionar, qué decir. Su mundo se derrumbaba, y tal vez el mío también se desmoronase con él. Temía que pudiera ser como un tsunami que arrasara con todo, con nosotros. Sin embargo, cuando salió del baño, me agradeció una y otra vez el vino y la cena.

—Lo necesitaba, Carla, ha sido un día horrible y has hecho que todo mejorara.

—Supongo que de eso se trata, Víctor, de ser compañeros. Quiero quererte bien, estoy cansada de romper todo lo que toco.

Estaba empezando a enamorarme de él y sentía que su pesar era el mío. Quería hacerle más fácil el camino, igual que él lo intentó aquella mañana en que tocó el piano para mí a fin de aliviar mi dolor, o del mismo modo que me había acogido en su casa cuando yo no tenía adonde ir. Después de cenar, nos tumbamos en el sofá. Víctor estaba tan cansado que cayó rendido sobre mi hombro. Lo sentía intranquilo, su cuerpo se estremecía entre sueños. Me pasé la noche acariciándolo con dulzura, como si tocase un arpegio sobre su piel. No podía hacer nada por él, salvo decirle que estaba a su lado. Se lo susurré mientras besaba sus ojos cerrados. El corazón me latía rápido. No podía reprimir aquellos sentimientos, ni aquellos escalofríos.

Lo desperté para que descansara en la cama. Me tumbé muy pegada a él y coloqué mi mano sobre su pecho para notar el ritmo de su respiración. Era la canción más hermosa que había escuchado. Acaricié su pelo rizado y lo observé mientras dormía. Ahora entendía a mi abuelo Antonio, por qué era algo tan especial mirar dormir a la persona a la que amas. Era la primera vez que experimentaba aquello, y puede que fuera uno de los momentos más serenos de toda mi vida. En cambio, Víctor se agitaba inquieto, y yo hubiera querido introducirme en sus sueños para acabar con sus pesadillas.

A la mañana siguiente Víctor se despertó muy temprano. Desde la habitación lo oí hacer muchas llamadas: a amigos de la universidad que estaban en equipos directivos, a los abogados de su empresa, para que le explicaran qué pasaría en los días venideros...

—Buenos días, ¿cómo estás? —le dije desperezándome en el salón.

—Bueno, la cosa pinta mal —masculló malhumorado.

—Tranquilo, si quieres me quedo esta mañana contigo y te ayudo en lo que necesites.

—No te preocupes. He quedado con Bea, una amiga de la universidad que trabaja en una de las empresas más solventes de Madrid y que se dedica a algo parecido a lo mío. Quizá tengan algún puesto para mí. Nos vemos esta tarde.

Los ojos de Víctor estaban humedecidos de lágrimas debido a la situación en que se encontraba. Estaba realmente arruinado y con mucha frustración.

Camino del metro pensé en qué podría hacer yo. De nada serviría que pasara más horas tocando, no podía pagar la deuda de su empresa. Para Víctor era tan importante esa estabilidad que uno de mis mayores miedos era que pudiera afectarnos como pareja. Me había costado tanto tiempo conseguir con alguien lo que tenía con él, y ahora se podía ir todo a la mierda por culpa del maldito dinero. No podía hacerle ver a Víctor que este no importaba, no era cuestión de cambiar su forma de ver las cosas. Solo podía intentar algo para recuperar la calma. Todo se volvía tan complicado que únicamente se me ocurría una cosa.

Al pensar en todas aquellas personas que de un día para otro se quedan sin trabajo, me di cuenta de qué afortunada era con el oficio que había elegido. Podrá quebrar la Bolsa, se cancelarán presupuestos, no se edificará más y se acabará el oro, pero nunca dejarán de existir las canciones. Estaba a salvo, sabía hacer algo que no necesitaba de empresa, ni de jefe ni de oficina que me contratase. Tenía la voz y la guitarra para poder vivir. Por eso hay que valorar tanto a los artistas callejeros, porque engalanan las calles. Al que pinta un cuadro en una pared abandonada, a los mimos de la Plaza Mayor o a los cantantes del metro. Que alguien sea abogado, médico o ingeniero no le da derecho a mirar por encima del hombro a ninguno de esos artistas. La vida de todos ellos está llena de canciones, obras de teatros, poemas, cine y cuadros.

Valoraba tanto mi trabajo que aquel día me entregué más que nunca, dando las gracias a cada persona que me escuchaba y a cuantos se atrevían a ser artistas callejeros.

Pero a veces las prioridades cambian y ser valiente también es dejar de lado nuestro propio sueño para hacer felices a los demás.

Durante el pase canté con rabia, pensando en lo injusta que es a veces la vida, pero cuando terminé la última canción, *Le toi du moi* de Carla Bruni (que tanto me recordaba a Víctor), me di cuenta de que tenía una solución en mis manos.

Tu es la gamme et moi la note.
Tu es la flamme moi l'allumette.

33

Telefoneé a mi madre después de mucho tiempo para tomarme un café con ella. No podía esperar más. Quizá fue
unas de las llamadas más difíciles que he hecho nunca.

—¿Sí?

Su voz.

—Hola, mamá —dije, tras unos segundos en silencio.

—¿Qué pasa, Carla?

—Me gustaría ir a casa y hablar contigo.

—Pero ¿va todo bien? —se preocupó.

—Sí —contesté, aunque igual que me pasaba con la
abuela Remedios sabía que no la engañaba.

—De acuerdo, si quieres venir, ahora estoy en casa.

—Vale, cojo el cercanías dentro de diez minutos. Un
beso.

—Hasta ahora.

Temblorosa por la decisión que estaba a punto de tomar, me dirigí de inmediato a la estación de cercanías

con la guitarra a la espalda y mis bártulos, sin pensar que no era la mejor manera de presentarme delante de mi madre, menos aún con lo que tenía que contarle. Pero necesitaba verla cuanto antes, era incapaz de aguantar aquella tensión ni un minuto más.

El trayecto se me hizo muy corto, absorta como estaba en repasar cada palabra que quería decirle. Sin duda era una decisión que volvería a cambiar mi rumbo, pero pensaba que era lo correcto. Llevaba unos meses ganándome la vida sola, pero ahora Víctor formaba parte de la mía y las circunstancias eran otras.

Cuando llegué a casa de mis padres, respiré hondo y llamé al timbre, al mismo al que tantas veces llamaba por las tardes cuando era niña y volvía de jugar, o cuando en la adolescencia se me olvidaban las llaves y entraba rápido para que no se notara el olor a tabaco. Había vuelto al sitio de siempre y todo estaba igual. Lo único que había cambiado era yo. Mi madre abrió la cancela y salió a recibirme. Nos abrazamos. La echaba de menos, y ella a mí. Había llegado el momento, nuestro momento, aunque no hubiera respetado mis decisiones y hubiera sido muy dura, y esperara a que yo regresara tras haber fracasado con la música para poder soltarme: «Te lo dije». Era duro pensarlo y a la vez seguir luchando contra viento y marea por lo que uno ama. Pero Víctor había desbancado todas mis pasiones y se había puesto por delante. Quizá estuviera loca de amor, pero, maldita sea, hacía mucho que mi cabeza no mandaba en mis determinaciones. Volvía a casa de mis padres por amor, por lo mismo que me fui, no por fracaso.

Nos sentamos en la cocina. Mi madre preparó su delicioso café, el mismo cuyo aroma me había despertado tantas mañanas en mi infancia.

Me llegaba un olor a flores tan intenso que parecía que estuviéramos en plena primavera. Me contó cosas de mi padre como si no hubiera pasado el tiempo, como si no hiciera casi un año que no nos veíamos a solas.

—Mamá...

—Dime, ¿a qué has venido? —preguntó mirándome a los ojos.

—Quiero empezar a trabajar en el bufete.

Lo que ella tanto había deseado... Se acercó a la encimera y me dio la espalda mientras servía el café en silencio. Cuando volvió a mirarme tenía los ojos empañados. Noté su emoción.

—No —dijo rotundamente.

—¿Cómo? —repliqué sin entender.

Seguramente la había ofendido por no aprovechar la oportunidad que me había brindado cuando terminé la carrera y ahora esto era un especie de castigo.

—¿No te van bien las cosas? Lo último que me contó tu hermana es que estabas muy contenta. ¿Qué ha pasado?

—Sí, va todo bien, pero necesito más ingresos por unos imprevistos en el piso. —No quería darle más explicaciones.

—No, Carla —repitió con firmeza—. ¿Y sabes por qué? Porque nunca te había visto con ese brillo en los ojos. Quizá nunca quise verlo, puede que no fuera lo que siempre deseé para ti, pero se te ve feliz. Yo tuve que renunciar a la danza porque mi padre quería que fuera abogada. Y no permitiré que ahora tú hagas lo mismo.

Su sinceridad me dejó perpleja. Sabía que mi madre había estudiado danza, pero no que fuera su pasión.

—Me equivoqué —prosiguió—, quise arrastrarte a la abogacía porque deseaba lo mejor para ti, me convencí de que lo hacía por ti, pero en realidad solo estaba pensando en mí... Estás resplandeciente, se nota que te encanta lo que haces y este mundo está lleno de gente que va al trabajo sin ganas.

Teníamos los ojos arrasados en lágrimas.

—No quiero que te rindas ahora por un imprevisto. No siempre desearás estar en el mismo lugar, pero si crees que en este momento tu sitio es ese, no dejaré que lo abandones. Ya lo hice yo, y no me perdonaría que ahora cometieras el mismo error.

Mi madre estaba cada vez más emocionada. Por mi parte, yo no daba crédito a lo que oía y solo podía aferrarme a sus manos como si fuera un ancla que me ataba a lo más hondo de mí, a lo que amaba. Entonces me contó su historia, su verdadera historia, aquella que nunca antes había compartido con ninguna de sus hijas.

—Cuando terminé la carrera de Derecho llevaba dos años en una escuela de danza. Ofrecían varias becas para estudiar en París y una de mis profesoras me dijo que podrían concedérmela si nos preparábamos para una audición, pero para ello debía dedicarme en exclusiva a ello durante un mes. Por entonces, en el bufete de los abuelos solamente estaba trabajando tu tío Pedrín, así que me dijeron que no podía prepararme la audición y mucho menos marcharme dos años a París a estudiar danza. ¿Sabes cuántas veces he pensado en qué habría pasado si hubiera ido? —Sus ojos color esmeralda brillaban al contarme aquel sueño frustrado—. Sentía la danza tan dentro de mí como te pasa a ti con la música, Carla, y eso no lo entiende todo el mundo. Con los años me volví firme y fría y proyecté la estricta disciplina de la danza en el bufete, olvidándome del otro factor, la pasión. Siento mucho haber sido tan dura contigo, pero sabes que detrás de cada llamada de tu padre o de tu hermana estaba yo.

Asentí con una débil sonrisa; nunca lo había dudado.

—Nunca te abandoné, pero quizá proyecté en ti toda mi frustración por tener el valor que me faltó a mí. Pero ¿sabes una cosa? He pensado en ti todas las noches con una sonrisa, orgullosa de mi hija. Ese dichoso orgullo a la vez tampoco me dejaba llamarte para decírtelo. Pero lo siento, mi niña. Ven aquí. —Me acercó a ella para abrazarme—. Mientras tú no lo quieras, no dejarás la música, mi vida.

Lloramos desconsoladamente, como quien deshace un nudo. Cuánto necesitaba aquel abrazo, jamás lo olvidaré. Porque en aquel momento conocí a mi madre como una mujer soñadora, y no solamente como madre. Supe de sus porqués y sus miedos. No tenía que perdonarle nada. Después de que me dijera esas palabras, me sobraban motivos para entenderla. Y fueron esas mismas palabras las que me hicieron amar más mi profesión, reafirmarme en ella y no rendirme. Mi madre siempre había estado ahí, y esa idea me dio toda la paz que no tenía.

Con las manos temblorosas tras haberse quitado aquel peso de encima, preparó otro café. Entonces le conté que tenía pareja y admití que los problemas económicos eran debidos a que lo habían despedido. Mi madre y yo estábamos rompiendo un cristal que siempre nos había distanciado, por fin hablábamos de lo que sentíamos, y nos esforzábamos por comprendernos por encima de todo. No quiso decirme lo que tenía que hacer y dejó a un lado cualquier imperativo para no volver a caer en el mismo error de antes. Pero sí me comentó que no podemos proteger a los demás de cada momento malo. Yo sabía que tenía razón; en esta ocasión, yo aprendería de su experiencia. Podía dar a Víctor todo mi amor y él podía contar conmigo para cualquier cosa, pero no era cuestión de tomar la decisión tan extrema de dejarlo todo por él.

Mi madre y yo pasamos toda la mañana juntas. Nos abrazamos y lloramos unas cuantas veces más. Le conté la muerte de Mati y cómo me había dejado hecha pedazos. Le dije que la había echado de menos en todos esos momentos, que se habían sumado dos ausencias y me había hundido. Cuando le conté anécdotas del metro, ella sonreía enjugándose de vez en cuando alguna lágrima. Ese día no tuve prisa por marcharme. Esperamos a mi padre y comimos juntos. Yo no apartaba mi mano de la de mi madre. Como siempre. Pero ahora sin miedos.

34

Al llegar a casa, Víctor parecía más tranquilo. En la radio sonaba una de nuestras canciones de jazz favoritas y, cuando entré en la cocina, me agarró de la cintura para bailar. Me eché a reír. ¡Yo tenía el ritmo en los dedos, no en los pies!

—¡Tengo buenas noticias!

—Yo también —le dije cogiendo un trozo de zanahoria de la tabla de cortar y sentándome en la encimera.

—Tú primera —me dijo.

—He pasado el día con mi madre.

—¿Con tu madre?

Se sorprendió porque lo poco que sabía era que nuestra relación estaba en *stand by*. Le conté lo sucedido por la mañana. Para que entendiera la situación tuve que explicarle que había estado a punto de sacrificar lo que más me gustaba en la vida por él. Víctor, que siempre tenía respuesta para todo, se quedó sin palabras, apenas supo musitar un «gracias» y, tras un segundo silencio, se disculpó por su actitud en los últimos días. Reconoció que se había alejado mentalmente de la realidad y que solo pensaba en el trabajo y en cómo se derrumbaba su vida.

—No te preocupes, quiero estar a tu lado cuando me necesites. De eso se trata, ¿no? Somos un equipo —dije para tranquilizarlo.

—Vale, si uno se hunde que el otro reme, ¿no? —repuso con convencimiento—. Bueno, ahora te cuento yo. Beatriz, mi amiga de la universidad, de la que ya te he hablado, me ha conseguido una entrevista para esta semana en su empresa.

Me precipité desde la encimera a sus brazos y lo besé. Todo saldría bien, me dije. Ahora todo fluía solo.

En los días que precedieron a la entrevista, Víctor seguía nervioso, aunque se mostraba más atento conmigo. Mientras tanto yo seguía con la búsqueda infructuosa de piso, dejándome animar por Julia y mi madre, que me llamaba o escribía con frecuencia aunque solo fuera para preguntarme cómo había ido el día o desearme las buenas noches. No es que volviera a ser como antes, es que era mejor que nunca. Sin entrometerse demasiado, también se mostraba interesada por la situación de Víctor, e incluso me ofreció su ayuda en repetidas veces si la cosa empeoraba. Sabía que ella se moría de ganas de conocerlo, y yo también quería que lo hicieran para que Víctor supiera más de mí. Pero no era el momento de estresarlo, tenía que centrarse y conseguir ese trabajo.

La mañana de la entrevista Víctor se puso una de esas camisas con las iniciales bordadas que tanta gracia me hacían. Yo recordaba nuestro primer encuentro, mientras él, hecho un manojo de nervios, ensayaba ante el espejo del cuarto de baño algunas frases. Nunca lo había visto así. Quizá estaba acostumbrado a manejar las situaciones, a tener el control en el trabajo y a no haber de demostrar nada. Aquellas últimas noches nos habíamos abrazado después de tener sexo, habíamos dejado a un lado nuestras citas con amigos y la pasión del principio latía de nuevo. Si conseguía ese trabajo, todo volvería a fluir.

Cuando se marchó centré todas mis energías en pensar que le dieran el trabajo, por él y por nosotros. A veces temía que la estabilidad fuese tan importante para Víctor que, si carecía de ella, se olvidara de mí.

Aquella mañana en el metro los dedos me temblaban sobre las cuerdas de la guitarra por los nervios, y pensé en sus manos abrochándose los botones de la camisa. Pura simbiosis. Entonces sonó el teléfono.

—Bea es una crack. ¡Me han contratado!

Dejé de cantar para ir a celebrarlo con él en un restaurante asiático que nos entusiasmaba a los dos. Cuando quieres a alguien la vida se llena de matices que antes no valorabas. Su sonrisa me reconfortaba, su felicidad hacía que para mí todo estuviera en calma. Cuando quieres a alguien lo último que deseas es verlo llorar. Aunque a veces él me dijera que yo estaba preciosa al emocionarme en alguna película.

Al cabo de una semana empezó en su trabajo con muchísimas ganas, aplicándose a diario. Llegaba aún más tarde a casa pues alargaba las reuniones y compartía ideas con su compañera Beatriz, y cuando volvía temprano de la oficina aprovechaba para estudiarse por entero los dosieres que le daban en el departamento. Pero a mí no me importaba. Me gustaba mirarle concentrado en los montones de papeles cuando se sentaba en el sofá con sus gafas de intelectual. Estaba más guapo que nunca, o quizá yo cada vez más enamorada. Lo cierto es que nos encontrábamos cómodos en el silencio.

Mi búsqueda de piso, en cambio, se hacía cada vez más complicada. Cuando Víctor me veía desesperada me cerraba la tapa del ordenador y, ante mis lamentos porque no encontraba nada y me pasaba las horas mirando las páginas de alquiler, me aseguraba que no había prisa. Esos momentos le daban sentido a todo. Notar tan de lleno el amor acababa con cualquier pena. Sentirlo tan cerca a él era mi razón de ser. Mi preciosa casualidad.

35

Aprovechando una tarde que Víctor iba a quedarse trabajando hasta tarde en la oficina, fui a un cinefórum con Julia de esos que tanto nos apasionaban a las dos. En los últimos tiempos mi amiga había reclamado más mi atención y se mostraba algo celosa desde que vivía en casa de Víctor. El cinefórum se hacía en uno de esos locales con apenas medios, pero eso les confiere mayor encanto. Había varias salas pequeñas y en una proyectaban *Los caballeros de la mesa cuadrada* de los Monty Python. Animé a Julia a que entráramos porque Mati siempre me hablaba de esos cómicos ingleses y ninguna habíamos visto la película. Mientras esperábamos a que empezara estuve contándole lo ocurrido con mi madre. Aunque le había adelantado la noticia con un mensaje, ella quería saber más y en cuanto tuvo oportunidad me sacó el tema. «¡No me jodas con que la sargenta quería ser bailarina!», bromeó cuando le conté lo de la danza y nos reímos a carcajadas. Algunos de los espectadores nos miraron. Julia se alegró porque sabía lo importante que era para mí compartir con mi madre todo lo bueno que me estaba pasando.

La película se retrasaba y compartimos un botellín de cerveza. Hablamos de los progresos de Mario, a quien hacía días que no veía. Tampoco aquel día había podido venir porque estaba trabajando en una investigación muy importante sobre el fondo marino en unas islas cerca de Ecuador. Llevaba mucho tiempo inmerso en ella y estaba a la espera de que se aprobaran unos presupuestos para visitar la isla durante varios meses y poder acabar el estudio. Después hablamos de Víctor, y Julia reconoció que, aunque creía que era un seductor y no encajaba con ella, se alegraba de verme feliz. En ese momento, apagaron las luces y empezó la película.

Entendí por qué Mati me la había recomendado tanto. Entre carcajadas, recordé su sentido de humor irónico, que tanto lo caracterizaba. Al salir, Julia todavía estaba enjugándose las lágrimas de la risa cuando vio un mensaje de una de sus compañeras del sindicato. La reclamaban de urgencia porque, a raíz de unas decisiones judiciales, necesitaban su asistencia, así que no nos quedó más remedio que anular la reserva para cenar juntas en un restaurante cercano.

—¡Qué rabia! Quería contarte que estaba pensando

en montar de cero un bufete para llevar casos de derechos laborales, pero tendremos que dejarlo para otra vez.

—No te preocupes, nos vemos la semana que viene y me cuentas.

—Vale, pero no me des largas. La semana que viene, sí o sí.

Fuimos juntas hasta el metro. Julia me insistió en que nos viéramos más hasta que nos separamos, cada una en una dirección.

—No puedes abandonarme. ¿Entendido? —me dijo despidiéndose.

—No es que no pueda, es que no quiero —contesté.

Lo hermoso del amor es que el querer le gana al poder. Yo no desearía estar con gente que no fuera capaz de estar sin mí. Quería elegirlos porque quisiéramos caminar juntos. Y eso ocurría con Julia a lo largo del tiempo. Era un apoyo incondicional, un salvavidas.

Llamé a Víctor por si le apetecía cenar fuera, ya que mi plan se había cancelado, pero no daba señales de vida. Con tanto trabajo estaría tan absorto que descarté volver a llamarlo para contactar con él.

Cuando llegué a casa vi luz en el salón, quizá me la había dejado encendida al irme o Víctor había vuelto y estaba trabajando en casa. Desde el descansillo escuché uno de los temas de jazz que solíamos poner. Al introducir la llave, me lo imaginé entre papeles, con sus gafas, en esa pose que tanto me gustaba. Giré el pomo y esbocé una sonrisa traviesa que se congeló al entrar en el salón y ver un par de copas de vino, una camisa en el pasillo y una luz tenue procedente del dormitorio. Algo pugnaba en mi interior: no sabía si seguir hacia delante, esperar o simplemente marcharme de allí. Me quedé inmóvil, mi corazón palpitaba como si estuviera subiendo y bajando en la montaña rusa. Entonces Víctor salió de la habitación sin camiseta para ir al baño y nuestras miradas se cruzaron.

Todo se quebró. Oí como mi corazón se hacía añicos. Cerré la puerta y salí corriendo. La de «romperte el corazón» es una de esas expresiones más literales que existen. En un solo segundo te quedas sin respiración, notas una incesante punzada en la parte izquierda del pecho y oyes tus latidos bombeándote en el oído. Andaba por la calle desconsolada, rota y con todas las tristezas juntas. El teléfono sonaba sin parar. Seguramente quería explicarme qué pasaba, pero yo no deseaba saber nada más. No le daría la oportunidad de contarme nada porque ya estaba rota. Me senté en el banco de la primera plaza que vi y repasé la escena una y otra, incapaz de asimilarla. Me había pasado a mí, que había dejado que alguien me diera la mano. Los sentimientos que habían cobrado forma en mi interior ahora me dolían rabiosamente. Sentí que el «futuro» se hacía añicos. Lo peor del final del amor es ver que se pierde el maldito futuro que imaginas cuando te enamoras. Cómo se derrumba todo porque él nunca me quiso como yo a él. Me enjugué las lágrimas. Valiente, había sido valiente. Saqué la libreta que siempre llevaba en el bolso y garabateé unos versos: «Valiente. Porque en el amor lo difícil es quererse como valientes que desafían un mundo lleno de mentiras. Y no, yo a ti no te voy a mentir. Vamos a plantar una flor en mitad de una ruina y vamos a cuidarla».

Aquellas palabras se clavaban dentro. Yo no había desaparecido porque su cuerpo tocara otro, sino porque en ese momento estuvieran sonando nuestras canciones.

Llamé a Julia para ver si podía quedarme en su casa.

36

Cuando te arrebatan el amor, se apaga la luz y solo queda la sombra de todo lo que fue. Víctor insistía con llamadas y mensajes que borré sin ni siquiera leer. No quería oír sus excusas, ni aceptar sus mentiras. Él había sido capaz de sacrificar nuestras canciones, y yo había dejado de creer en sus palabras desde el instante en que escribió «amor» con las manos sucias. Él, que inventaba grietas y las llamaba «destino». Que ya no buscaba el abrazo quizá porque lo tenía. Que se había olvidado de quién era. De qué iba el olvido. No era valiente. Ni paciente. Y eso me llevó a componer.

Aunque consiguiera llenarme el cuerpo de flores,
aquel día murió todo el jardín.
Esto no era un juego.
Era su vida.
Y la mía.

Después de haber sufrido la pérdida forzosa de alguien que te quiere bien, como Mati, no deseaba llorar por quien no lo merecía. De nuevo, en pocos meses, tenía que acostumbrar mi cuerpo a otra ausencia, pero me prometí no sufrir. Él había decidido irse y, por muy doloroso que sea sentir la falta de alguien que vive en tu misma ciudad, sabía que el daño acabaría curándose. Como lo hacen todos los corazones rotos por amor, y volvemos a querer, para de nuevo rompernos. Sin embargo, no fue tan fácil. El dolor se agudizaba, se extendía en el recuerdo como la hiedra: los domingos que despertaba tarde con el sonido de fondo del piano que él tocaba, los sábados que fuimos a conciertos (nos quedaban tantos por ver), las tardes que pasamos escuchando música juntos mientras hacíamos el amor en el sofá...

El silencio es un corazón roto. Se me hacía tan difícil volver a escuchar una melodía de jazz sin recordar sus manos siguiendo el ritmo, que estuve muchos días sin ir a trabajar. Volví a pensar en la lluvia, y en lo que deja; en el amor había una correlación parecida. No era necesario que la relación durara años para que doliera más. Aunque Julia me repetía que llevábamos muy poco tiempo, el amor no entiende de normas. A tantos años de amor, tantos de olvido. No, no funciona así. Desde el primer día que lo vi, supe que había llegado el punto de no retorno, como llamábamos Julia y yo a ese momento en el que eres consciente de que si algo se acaba ya te puede hacer daño.

Julia me acogió en su casa con los brazos abiertos y durante aquellos días de tanta congoja hablamos de las personas que nos alzan para dejarnos caer en cuestión de un segundo. Quizá mi amiga tuviera razón y Víctor fuera un seductor nato, que iba hundiendo las piedras por su camino. En aquel momento yo era incapaz de contradecirla. Probablemente había hecho conmigo lo mismo que antes con las demás. Pero todos esos pensamientos solo me retenían en el desconsuelo. Y no quería otorgarle tanto.

—¿Sabes qué me da rabia, Julia? No quiero que comparta mi memoria con Mati.

Entonces rompí a llorar como no lo había hecho nunca, ni en el hospital ni durante los días posteriores. Fue un llanto desgarrador, desde dentro. Por fin, me lo permití.

Víctor solo sabía hablar del amor. Pero nunca fue capaz de ponerlo en práctica. Por eso recordé tanto a Mati, y su amor en cada detalle. Y porque ahora mi cuerpo tenía dos ausencias, dos heridas. Pero no podía permitir que la de Víctor estuviera en el mismo sitio que la de mi amigo. En la vida hay que aprender dos cosas: a pedir perdón y a echar de menos. Porque sin duda la vida trae consigo errores y abandonos. Y sentía que me faltaba tanto, cada vez más. Pero es imposible acostumbrar un cuerpo a una nueva ausencia. Porque si hay algo maravilloso es que cada vez que alguien llega creemos (y eso nos hace estar vivos) que se va a quedar para siempre. Pero esta vez todo era diferente, porque no había sido la vida la que me lo había arrebatado, sino que él mismo había elegido irse. Y aunque no quisiera lo echaba de menos. Por las sábanas frías y el silencio donde antes había música y risas. Porque mis manos se secaban y cada vez me reconocía menos ante el espejo. Echar de menos es entender que todo te sobra si una persona determinada no está. Pero a base de heridas te das cuenta de que para salir a flote hay que aprender a echar de menos solo a los que vuelven o quisieran hacerlo. Y Víctor no era uno de ellos.

Cuando haces recuento de las personas que han ocupado el papel de ser imprescindibles en tu vida te das cuenta de que quizá son demasiadas.

Al nacer todos se lo otorgamos por primera vez a nuestra madre. A medida que fui creciendo se volvió imprescindible Anita, mi compañera de pupitre en la guardería, de quien en la actualidad desconozco su paradero. Después fue imprescindible mi querido Mati, y con los años volvió a serlo. Y al final se marchó. También fueron imprescindibles Elisa y Miriam, con quienes pasé una adolescencia de manual. Fuimos precoces en todo pero juntas nos creíamos el centro del universo y que cada una de nosotras sería lo más importante para las otras dos. ¡Cuántas agendas escritas con nuestras iniciales «M. E. C. Siempre juntas»! Sin embargo, ahora pasan los meses sin saber de ellas, quizá quedamos alguna vez a cenar y nos ponemos al día, pero sin duda perdieron ese papel. Después fue imprescindible un novio que me besaba debajo del merendero de casa de mis padres. Durante la universidad, Julia fue ese pilar imprescindible para seguir adelante con la carrera de Derecho. Sigue estando a mi lado, pero ya no experimento ese sentimiento tan equívoco y a la vez tan humano de «Sin ti, yo no». No: «Sin ti, yo también».

Me he pasado la vida dándole sentido a gran parte de mi historia por las personas que estaban en un momento determinado a mi lado. Y cuando te aproximas a los treinta, miras hacia atrás y te das cuenta de que solo tú sigues en tu historia. Que a todos ellos me quedo con ganas de contarles qué fue de mi vida. Que siempre habrá algo que no podamos decir. Porque se hayan ido, porque se los haya llevado la vida o porque no quieran escucharnos. Pero no hay que olvidar que el único papel imprescindible de nuestras vidas lo desempeñamos nosotros mismos. Por eso había que seguir viviendo, aunque a veces sea tan difícil hacer acopio de fuerzas. La mayor recompensa es mirar atrás y ver que hemos vivido.

Mi madre y Julia estuvieron en todo momento junto a mí; también me llamó alguna vez mi hermana. Sin embargo, preferí esperar todavía algunas semanas antes de contarle nada a la abuela Remedios. Fue a mi amiga a quien al final le di las llaves para que recogiera mis cosas de casa de Víctor y así no tener que volver a la escena del «crimen», como la llamábamos entre nosotras. Cuando regresó evitó hablarme de él y se lo agradecí. Julia siempre ha tenido la habilidad de crear paréntesis en el tiempo y esta vez consiguió que volviéramos a estar en la salida del cine. Fuimos a comer a un restaurante cerca de su casa y recuperamos la conversación pendiente. Por fin me contó su proyecto como abogada. Era tal su entusiasmo cuando recordó las prácticas que hicimos juntas en la universidad sobre casos laborales, que volvió a despertar en mí la ilusión en la profesión.

—No sé si proponértelo. Pero sabes que esto tendría mucho más sentido si lo hiciéramos juntas —me dijo.

—Me lo pensaré, Julia, creo que las cosas han cambiado su curso y quizá ahora ser valiente sea sumarme a esta aventura contigo.

—A partir de la semana que viene empezaré a llevar las cosas al bufete nuevo. Uno de los letrados del sindicato tiene una oficina en propiedad donde alquila espacios para abogados autónomos. Es una sala grande que puede dividirse en dos o tres despachos pequeños. Ya sabes. Piénsatelo. —Cogió su botellín de cerveza y brindó con el mío.

Mientras Julia se quedaba dormida en el sofá a media tarde, hice recuento de los momentos vividos desde que empecé a trabajar en el metro. Me pareció que había sido una época especialmente apasionante. Había pasado mucho tiempo pero me resultaba muy cercano. Tal vez porque había sido feliz, y eso siempre hace que se el tiempo se acelere.

Me preguntaba cómo sería ejercer de abogada y no dudé en llamar a mi madre para plantearle mis dudas. Su respuesta fue escueta pero esclarecedora: «Haz lo que sientas». Pensé que decirle que descartaba trabajar en el bufete familiar y que sí que me motivaba la opción de hacerlo con Julia podría ser incómodo, pero desde que habíamos mantenido aquella charla la relación con mi madre era distinta. Ahora sentía que era quien mejor me entendía. Aquella mañana en la cocina, semanas antes, nos habíamos liberado y sus palabras me habían hecho ver que jamás dejaría la música, porque era lo que más me apasionaba. Siempre tendría una guitarra en casa y tiempo para hacerla sonar, pero quizá ahora era el momento de no trabajar en ello, de darme otra oportunidad. Había sido capaz de seguir mi instinto y de ganarme la vida con la música, siendo coherente con lo que sentía en aquel momento. Por eso ahora era un mar de dudas.

—Carla, vuelve al metro mañana y cuando estés tocando, escúchate. Escúchate y entonces decide.

37

Me he levantado la segunda vez que sonaba la alarma del despertador, y como cada mañana durante los últimos meses, he cogido el atril, las partituras y la guitarra para acudir a mi trabajo en el metro. Sin embargo, cuando bajo por las escaleras siento que algo ha cambiado. Sigo el mismo ritual de todas las mañanas, pero en mi fuero interno no lo vivo igual. La pasión por la música me había llevado a vivir la experiencia más importante de mi vida: a aprender que sí se puede, a superar el miedo escénico, a regalarme un tiempo lleno de historias y rostros, a creer en la casualidad y no en el destino. Pero también me había hecho reencontrarme con Mati y perderlo, me había alejado de mi madre por mucho tiempo y mi corazón se había roto por primera vez. Quizá haya que tener valor para empezar el camino, pero hay que tener mucho más para acabarlo. La música siempre me hará sentir que mis pies se elevan del suelo, que las ventanas se abren y, sobre todo, que nada es eterno. En mis manos quedarán indelebles las marcas de la guitarra, preciosas cicatrices que me recuerdan que soy valiente.

Interpreto las canciones mirando a los ojos a cada persona que pasa; reconozco, como todos los días, los pies de muchos de los viajeros cuando bajan las escaleras. Jamás he estado sola en estos pasillos, pues me han acompañado Chavela Vargas, Bob Marley, Antonio Vega, Javier Barría, Joaquín Sabina, Alanis Morissette, Cecilia y muchos más. Compositores, músicos, intérpretes que nos hacen perderle el miedo a la soledad porque están con nosotros con sus canciones. Después de una hora tocando, para terminar el pase busco entre las partituras *Every breath you take* de Sting, una de las canciones favoritas de Mati, sin duda la mayor recompensa por haber cantado en estos pasillos. En los últimos versos me emociono, pero de manera positiva, siendo consciente de todo lo que he vivido en este tiempo.

Cuando recojo las cosas, se me cae una hoja de papel de la carpeta de partituras. «La ciudad empieza a sonar. Todos los despertadores están en marcha.» Se me dibuja una sonrisa en la cara; apenas hace unos meses que escribí estas palabras. Lo recuerdo muy bien, pues horas más tarde aquel mismo día, mientras enfundaba la guitarra a ras de suelo, llamarían mi atención unos zapatos de cuero con unos cordones rojos empapados de agua. Con la yema de los dedos repaso la última línea del texto: «ya he encontrado mi sitio».

Hoy dejo ese sitio vacío y pienso que hago hueco a otra historia. Le mando un mensaje a Julia y le digo que cuente conmigo.

38

Julia me llama al instante, apenas puedo ni balbucir, está entusiasmada. Hablamos del nuevo trabajo. Tendré que ponerme al día con ella, aunque hemos decidido que me tome una semana libre antes de incorporarme oficialmente. Intuyo que nos entenderemos, siempre ha sido así. Además, a ella le hace tanta ilusión como a mí compartir esta nueva etapa conmigo.

—Cuando se lo contemos a Mario no se lo va a creer.

—Ay, con tanta emoción, ni te lo he dicho. Es un día de sorpresones. Me ha llamado esta mañana y me ha dicho que le han dado la subvención para irse a Ecuador. ¡Dentro de un mes estará descubriendo el fondo marino del océano Pacífico!

Me alegra muchísimo la noticia y me emociono por mi amigo. Mario se merece cada cosa buena que le pase, es un luchador.

—Somos unos luchadores.

—Tenemos el corazón «bien rojo» —me corrige Julia.

Decidimos quedar por la tarde los tres en algunos de esos bares que tanto nos gustan, con terraza y cerveza barata para brindar por nosotros. Al colgar, llamo a mi madre y le pregunto si está en casa, pues quiero ir a contarle mi decisión en persona.

De camino a casa de mis padres paro a ver a mi abuela y ponerla al día. Cuando entro en su jardín oigo la radio a todo volumen en su cocina, alzo la voz para llamarla y enseguida salen ella y su perrita a saludarme. Empieza a contarme su mañana en el médico, las revisiones del azúcar, nada grave. Hace hincapié en la importancia de la sanidad pública y arremete contra la política. Pocas veces habla mi abuela de temas como estos, pero para ella la sanidad y la educación públicas son la base de una sociedad y todo lo que pudiera acabar con ello le saca de sus casillas. Después de su discurso me pregunta cómo me va todo y le explico lo de Víctor. Siempre he tenido en ella una buena amiga, aunque nos separen más de sesenta años.

Mientras hablo de lo sucedido me doy cuenta de lo que he amado a ese cabrón. Mi abuela no deja de repetirme que volveré a enamorarme. Pero lo peor de un primer amor es que sabes que nunca volverá a ser lo mismo. Y en todos los hombres buscaré su manera de reír y sus manos, pero ninguno será él. Volveré a buscarlo en todos los sitios donde no está, hasta que llegue alguien que me regale otra primera vez. Mientras hablamos de todo esto mi abuela me coge la mano. Miro sus arrugas.

—Cuando os conocisteis, ¿sentiste como si lo estuvieras esperando? ¿Y lo único que te asustaba era que no tenías miedo a nada? —me pregunta, y respira hondo—. Cuando lo tocaste por primera vez, ¿sentiste que su piel era la misma que la tuya?

—Sí.

—Pues ya sabes qué es el amor y podrás reconocerlo perfectamente cuando vuelva a pasarte. La vida es aprendizaje, Carlita. Pero la mayoría de gente no tiene la oportunidad de sentir el verdadero amor. Eres muy afortunada. Ahora olvida lo que te hace daño y piensa que ahí fuera hay alguien que puede volver a hacerte sentir todo eso.

Cuánta razón tiene, como siempre. Esta relación me ha hecho al menos ser consciente de mis sentimientos y de hasta dónde puedo llegar. A lo mejor él nunca sintió nada parecido y por eso valoró tan poco lo nuestro. Ahora sentía más pena que dolor.

Después de habernos puesto románticas, pasamos a hablar del trabajo. Ve que me ilusiono al contarle el proyecto con Julia. Mi abuela Remedios siempre me apoya en todo. Además, se lleva una grata sorpresa cuando le explico que he arreglado las cosas con mi madre y me anima a correr a casa para contarle todo esto a ella. Pero me dice que no puedo ir con las manos vacías y me lleva al jardín a preparar un pequeño ramo con todos los tipos de flores que tiene.

—Unas rosas blancas, por la pureza y la inocencia. Unas margaritas, que son señal de nuevos comienzos, muy apropiado para este momento. Un clavel rosa tienes que llevar, es la flor que simboliza el amor maternal. Y, por supuesto, unos jazmines, símbolo del cariño, que se abrirán cuando te hayas ido y será entonces cuando huela toda la casa a ellos para que de alguna manera sigas allí —me explica.

Coge un cordel para atarlas bien y me despide con un beso en la mejilla. Se queda recogiendo las ramitas del suelo.

Cuando llego a casa de mis padres, veo a mi madre que está entrando cargada con bolsas. La ayudo y colocamos la compra en la cocina y las flores en un jarrón con agua. Estaba preocupada por cómo me encontraba tras lo de Víctor, así que le sorprende verme tan animada con el nuevo proyecto que me traigo entre manos. Esta vez sí había un buen motivo para cambiar de aires.

—Te veo feliz mientras me lo cuentas. Es lo que me importa, ya lo sabes.

Todo es fácil y cómodo después de haber recuperado nuestra relación. Cada vez tengo más claro que estos cambios son una evolución en mí que traerán consigo nuevas enseñanzas, nuevas historias. Se nos enseña a tener un sueño e ir tras él. A seguir un camino que nos lleve a esa meta. Pero no nos dicen que podemos tener más de uno y conseguirlos todos. O al menos intentarlo. Mati y yo hablábamos de que la vida es tachar cosas de una lista. Y en estos meses había conseguido tachar unas cuantas. Pero quedaban otras, y para lograr borrarlas de la lista quizá habrá que cambiar el rumbo y marcar otro final. Cuánto echo de menos a mi amigo... Seguro que él permanecería en cada uno de los rumbos que yo eligiera, porque siempre estaría al lado en cualquier camino. Querría contarle que no he podido conocer a Sting, pero que seguiré cantando sus canciones. Que en muy poco tiempo me enamoré y me rompieron el corazón. Que no encuentro un piso donde vivir, y que seguro que él habría dado enseguida con un chollo, con lo hábil que era buscando en internet. Lo echo inmensamente de menos, al igual que añoré a mi madre durante tanto tiempo. Por suerte hoy ella está aquí, delante de mí, escuchando mis dudas. Una vez más, me tiende la mano y me anima a seguir los impulsos que hacen que me sienta tan viva. Me prometo que por ella, por Mati, pero sobre todo por mí nunca dejaré de escucharme latir.

39

Me despierto y, como siempre, atraso la alarma otros cinco minutos. Me preparo la carpeta del trabajo y elijo la ropa adecuada para un primer día. Enciendo la radio de la cocina para escuchar alguna de esas canciones que hacen que empieces el día de muy buen humor. Mientras sale el café y la cocina se impregna de su aroma, en la radio suena un tema de Stevie Wonder y por la puerta aparece Julia, bailando y tarareando la canción. Me coge de los brazos y se pega a mí para que bailemos juntas.

—Esto acaba de empezar, Carla —me dice mirándome a los ojos.

La vida es una sucesión de ciclos y ahora está empezando uno.

Julia se marcha porque quería comprar algunas cosas en la papelería antes de ir a trabajar. Yo me quedo repasando algunos casos del sindicato que me ha dejado mientras apuro el café.

Hace un día precioso de primavera, los árboles empiezan a florecer y la luz realza los detalles. Respiro hondo antes de entrar en el metro y agarro fuerte el maletín de cuero que me acompañó durante mis años de universidad. Bajo las escaleras estremecida, recordando la primera vez que hice este camino con la guitarra al hombro. Ahora la ilusión es otra, pero la intensidad es la misma. Estoy a punto de empezar un nuevo camino llena de entusiasmo, aunque es inevitable añorar aquella incertidumbre a la que me enfrenté cuando canté las primeras veces en los pasillos de las estaciones. Ahora soy yo quien sube por la parte de la izquierda en las escaleras mecánicas, pero el resto no ha cambiado mucho: estudiantes, abuelos con sus nietos pequeños, gente camino de su trabajo y tiendas que sirven desayunos exprés. En los andenes cada cual espera el metro que lo llevará a su destino pendiente de los minutos que quedan. Cuando llega el nuestro, todos nos agolpamos para intentar hacernos un hueco, pero como no estoy muy acostumbrada me quedo la última, pegada a la puerta, donde por un cristal aún puedo ver el andén. Mientras los viajeros buscan un sitio para sentarse o simplemente para agarrarse a las barras, observo el andén en silencio. Todavía hay gente aligerando el paso para poder subirse en el metro cuando aparece un chico joven que se detiene en medio del gentío. Me fijo en sus manos temblorosas y en que mira a un lado y a otro, como desubicado. Entonces saca de su funda una guitarra que lleva colgada al hombro, coloca el estuche abierto a sus pies, cierra los ojos, toma aire y empieza a cantar.

Justo cuando el metro se pone en marcha, sé que la música siempre vencerá al ruido.

40

Nunca dejé de escribir porque, de alguna manera, quería decirte todo lo que no pude contarte.

Agradecimientos

Gracias a la literatura, que me ha hecho perder el miedo a la soledad.

A la música, por ser mi vida.

A mi madre, por ser incondicional, por su preciosa subjetividad cuando le enseñaba los primeros escritos.

A mi padre y mi hermano, por estar tan cerca a tantos kilómetros.

A Ángela, por ser un rayo de luz.

A Dalilo, mi pequeño. Por enseñarme a creer en las segundas oportunidades.

A mi editora, Ana: esta novela es tan tuya como mía.

A Penguin Random House, por confiar a ciegas en un proyecto que me ha cambiado la vida.

Al amor, por devolverme la primavera al final de esta novela.

A los músicos callejeros; os admiro, sois parte de mi historia.

Y gracias a todos los que habéis leído este libro y durante la lectura habéis sentido lo mismo que yo sentí en algún momento.